徳間文庫

極楽安兵衛剣酔記

鳥羽　亮

徳間書店

目次

第一章　極楽とんぼ　5
第二章　失跡　58
第三章　岡場所　100
第四章　用心棒　152
第五章　女郎屋　203
第六章　喧嘩殺法　245
鳥羽亮著作リスト　273

第一章　極楽とんぼ

一

　トン、トン、と階段を上がってくる足音がした。聞き慣れた足音だった。お房《ふさ》らしい。

　目をあけると、障子が陽射しに白くひかっていた。だいぶ陽は高いようである。すでに、五ツ（午前八時）を過ぎているかもしれない。

　長岡安兵衛《ながおかやすべえ》は目を覚ましたが、すぐに起き上がらなかった。昨夜、遅くまで飲んでいたせいか、もうすこし横になっていたい気分だったのである。

　すぐに、足音は廊下を近付いてきて、襖《ふすま》があいた。やはり、姿をあらわしたのはお房である。黒襟のついた子持縞《こもちじま》の小袖に、片襷《かただすき》をかけていた。撫で肩で、黒襟の間から白い胸元がのぞいている。窓から射し込んだ陽光のなかに、お房の乳房の膨らみやむっちりした腰の線が、くっきりと浮かびあがったように見えた。

お房は浅草駒形町にある料理屋、笹川《ささがわ》の女将《おかみ》である。歳は二十五で後家。今年五つになる女児の母親だが、成熟した色香がただよっている。

安兵衛が寝ているのは、笹川の二階の布団部屋だった。昨夜遅くまで飲んだ後、いつもの布団部屋で寝てしまったのである。

安兵衛は二十八歳。面長で、顎《あご》が張っている。浅黒い肌で馬面《うまづら》、鼻が大きく唇が厚い。どう見ても色男とは言いがたいが、なんとなく憎めない顔をしている。目のせいかもしれない。よく動く黒眸《くろめ》に少年らしい無垢《むく》な感じが残っていて、好感をいだかせるのだ。

安兵衛は笹川の居候であり、お房の情夫《いろ》でもあった。一年ほど前まで、安兵衛は笹川の常連客だったが、店に来た無頼牢人が強引にお房の体を奪おうとしたのを助けたのが縁で、店に寝泊まりするようになり、そのうち体の関係ができてしまったのである。

料理屋といっても、笹川は小体《こてい》な店だったので、奉公人や女中はすくなかった。安兵衛ひとりが遊んでいるわけにもいかず、暇なときは下働きのような仕事もするし、金が払えなくなった客の付馬などもやっていた。

安兵衛の出自は、三百石の旗本、長岡家の三男坊である。家督を継いだ長男の依之助《よりのすけ》は、現在御目付の要職にあった。次兄の俊次郎《としじろう》は三百石の旗本の婿養子になっている。安兵衛だけは、妾腹の子だったこともあり、家を出て牢人暮らしであった。長岡家にとって、安兵衛は不肖の子であり厄介者であった。

「酒臭い……」

お房は顔をしかめながら、安兵衛のそばに近付いてきた。

「お房、何刻《なんどき》だ」

安兵衛は寝たまま訊《き》いた。

「もう、五ツを過ぎてますよ。さァ、起きて、起きて」

そう言いながら、お房は安兵衛が体にかけている掻巻《かいまき》をひっぺがしにかかった。

すると、安兵衛は掻巻を手にしたお房の手首を、寝たままつかんだ。

「な、なにを、するんです」

お房は慌てて手をひっ込めようとした。

だが、安兵衛は離さず、

「お房、いいだろう。昨夜は、何もせずに寝てしまったではないか」

そう言って、左手をお房の着物の裾へ入れて、ふくらはぎを撫でた。すべすべしたいい感触である。

「な、何を言ってるんです。お満《みつ》が、下にいるんですよ」

お房は、つかまれた手を振りほどこうとした。お満というのが、お房の五つになる子である。

「な、いいだろう。寝起きも、また、乙なものだぞ」

安兵衛は、強引にお房を引き寄せようとした。

「なに、馬鹿なこと言ってるんです。お満に気付かれたらどうするんですよ」

そう言ったが、抗《あらが》う力が急に弱くなり、とがった目がやわらかくなった。そして、急に体から力を抜いて安兵衛の腹の脇に膝を折った。すかさず、安兵衛が尻を撫でると、お房は、だめ、だめ、と言いながらも、片襷をはずし始めた。

素早く、安兵衛はお房の襟から手を入れて乳房をつかんだ。伏せた椀のような乳房は重く、しっとりとしていた。

「ま、待って……」

お房は乳房を揉まれながら、後ろに手をまわして帯を解いた。

そのときだった。

トン、トン、と階段を上ってくる足音がした。それを聞いた途端、お房の体が硬直したように固まった。

「お満……」

お房はすばやく安兵衛から身を離し、慌てて襟元を合わせて帯を抱えた。

廊下を近付いてきた足音は、襖の向こうでとまった。

「とんぼの小父《おじ》ちゃん、いるの」

お満が、襖の向こうから声をかけた。

安兵衛のことを、とんぼと呼ぶ者がいる。極楽とんぼからきた渾名《あだな》である。安兵衛の飲んだくれで気ままな暮らしぶりから、きたものであろう。お満は、大人たちがとんぼとか極楽とか呼ぶのを真似ているのである。

「おお、いるぞ。何か用か」

安兵衛は身を起こした。お房は四つん這《ば》いになり音のしないように這って、積んである布団の陰にまわった。帯を解いた姿を、お満に見られたくないのであろう。

「遊ぼう」

「分かった。下で待ってろ。おれにも支度があるからな」

そう言って、安兵衛は立ち上がった。

「早く来てね」

お満はそう言い置いて、部屋の前を離れていった。

その足音が階段を下りる音に変わると、お房は立ち上がり、急いで帯をしめなおした。

「いいところで、邪魔が入《へえ》っちまったな」

ときおり、安兵衛は武家らしからぬ伝法《でんぼう》な物言いをした。笹川で居候をつづけるうちに、店に出入りする者や客などの言葉に染まったのである。

「なに言ってるの。旦那がいけないんですよ、こんな朝っぱらから」

お房は乱れた髷《まげ》の後ろに手をやりながら、つっけんどんな口調になって言った。すっかり、その気は失せたらしい。

先にお房が階段を下り、しばらく間をおいてから安兵衛が下りていった。

二

階下にお満と男が三人いた。お満は土間に立っていたが、三人の男は追い込みの座敷の上がり框《かまち》に腰を下ろしていた。船頭の梅吉《うめきち》、包丁人の峰造《みねぞう》、それに店に料理用の魚介類をとどけるぼてふりの又八《またはち》である。

又八はどんぐり眼《まなこ》の丸顔で、おしゃべりだった。どういうわけか、笹川に入り浸り、安兵衛とも親しかった。

「旦那、お目覚めで」

船頭の梅吉が笑いながら声をかけた。

五十がらみ、色の浅黒い丸顔の男である。目が細く、笑うと地蔵様のように憎めない顔になる。

笹川の裏手は大川になっていて、専用のちいさな桟橋があった。笹川は客の送迎用の猪牙舟《ちょきぶね》を持っていて、梅吉は専属の船頭である。また、笹川は大川で船遊びをする客のための仕出しもやっていた。その仕出しを船まで運ぶためにも、舟と船頭が必要だったのである。梅吉は、若いころから笹川に船頭として働いていて、お春という十六になるひとり娘も女中として笹川に通いで勤めていた。

お房はそのまま板場へ行ったらしく、奥で水を使う音がした。

「ああ、昨夜、遅かったのでな。すこし、寝過ごしちまったらしい」

安兵衛は、両手を突き上げるようにして大きな欠伸《あくび》をした。

そこへ、お満が走り寄ってきて、腰の辺りにへばりつき、

「遊ぼう、遊ぼう」

と、せがんだ。

「顔を洗ってな、めしを食ってからだ」

安兵衛は、お満の前髪を結んだ鹿《か》の子《こ》絞りの飾り布を摘み上げながら言った。

お満は安兵衛の顔を見上げながら、目隠し遊びがいい、と体を振りながら甘えるような声を出した。

お満は、色白で頬のふっくらした可愛い顔をしていた。お房と先夫、米次郎《よねじろう》との間に生まれた子である。

米次郎は笹川の倅《せがれ》で、二十五歳のときに父親から店を引継ぎ、その一年後に浅草東仲町にある料理茶屋、浜乃屋《はまのや》で座敷女中をしていたお房を見初《みそ》めていっしょになった。

その後、三年ほどしてお満が生まれたが、お満が二つのとき、米次郎は風邪をこじらせて急逝してしまった。後に残されたお房は笹川を切り盛りしながら、老いた義父の面倒を見ていたが、義父も倅の死後二年ほどして病死してしまったのだ。

父親の味を知らないお満は、気安く遊んでくれる安兵衛を父親のように思うところがあるようだ。

「よし、先に表へ行ってろ」

安兵衛がそう言うと、お満はすぐに戸口から出ていった。

流し場で顔を洗ってもどると、お房がお盆を手にして板場から出てきた。

「旦那、できましたよ」

盆の上に、茶漬けの丼《どんぶり》とたくあんの入った小皿がのっていた。気を利かせて用意してくれたらしい。

安兵衛が追い込みの座敷に胡座《あぐら》をかき、茶漬けを食べていると、

「極楽の旦那、遊喜楼《ゆうきろう》の芸者がいなくなったこと、知ってますかい」

と、又八が声をかけた。

遊喜楼は、浅草寺の雷門の前の並木町にある老舗《しにせ》の置屋《おきや》である。

又八は二十代半ば、黒の丼（腹掛けの前隠し）に半纏《はんてん》、豆絞りの手ぬぐいを肩にかけていた。魚屋らしい身装《なり》である。又八は平気で、安兵衛のことを極楽と呼ぶ。もっとも、呼ばれた安兵衛の方も気にもしない。

「知らねえな」

安兵衛は、たくあんをバリバリ嚙みながら言った。

「登勢《とせ》という女を知ってるでしょう」

又八が訊いた。

「名は聞いたことがある」

登勢は、まだ十七歳と若いが、器量がよく、遊喜楼のなかでも売れっ子の芸者という噂《うわさ》である。

「その登勢が、一昨日の夜からいなくなっちまったらしいんで」

「駆落（ふけ）たのか」

芸者や女郎などが姿を消す場合、情夫と駆落ちする場合が多かった。

「それが、どうもちがうようでしてね」

又八の話によると、一昨日の夜、登勢は西仲町にある料理茶屋、花房屋《はなぶさ》の客に呼ばれ、箱屋《はこや》（芸者の三味線を入れた箱を持つ男衆《おとこし》）を連れて出かけたという。

その帰途、西仲町の路地を箱屋を連れて並木町にむかっていると、町家の陰から黒布で頬っかむりした男があらわれ、手にした六尺棒で箱屋を殴りつけたという。

「分かっているのは、それだけらしいんで。箱屋は殴られて気を失い、気付いてみると、登勢の姿がなかったそうです」

「そのまま、登勢は遊喜楼に帰ってこなかったというわけか」

安兵衛は茶漬けを食べ終え、お房の淹《い》れてくれた茶をすすりながら言った。

「へい。遊喜楼の若い衆が西仲町を探したらしいんだが、登勢の姿はなかったそうで」

「それなら、頬っかむりした男に連れ去られたんだろうよ」

すこし乱暴過ぎるが、やはり駆落ちではないかと安兵衛は思った。

「それが、ほかにも似たような話がありやしてね」

又八が、どんぐり眼で安兵衛を見つめながら言った。

「似た話とは」

「浜乃屋のお仙《せん》も、同《おん》じようにいなくなっちまったんで」

お仙は座敷女中で、界隈《かいわい》では若く器量がいいことで知られていた。

「お仙も、頬っかむりした男に連れ去られたのか」

「いいえ、勤めを終えて家へ帰る途中、消えちまったらしいんで」

「やっぱり男だな」

よくあることだった。花町の女がいなくなるのは、好いた男との駆落ちが多いのだ。

「小父ちゃん、まだなの」

お満が戸口から首を覗《のぞ》かせ、頬をふくらませて言った。いつまで待っても出てこない安兵衛に業を煮やしたらしい。

「おお、そうだ、そうだ」

安兵衛は慌てて立ち上がった。

三

安兵衛は半刻（一時間）ほどお満と遊んでやり、二階の布団部屋に寝転がっていると、

お房が上がって来て、

「旦那、榎田《えのきだ》さまが、来てますよ」

と、声を低くして言った。

「ひとりか」

「ひとりですよ」

「すぐ、行く」

安兵衛は立ち上がり、袷《あわせ》の裾《すそ》の皺《しわ》をたたいて伸ばした。ふだんは角帯に着流しで、滅多に袴をはくことはなかった。

榎田平衛門《へいえもん》は長岡家に仕える古い用人である。隠居した父親、長岡重左衛門《じゅうざえもん》の使いで来ることが多かった。

「安兵衛さま、お変わりないようで」

榎田は口元にとってつけたような微笑を浮かべた。

老齢で皺が多く猿のような顔をしていた。鬢《びん》や髷《まげ》は白髪で、すこし腰がまがっている。歳は還暦にちかいはずである。

安兵衛の母親はお静《しず》という名で、花房屋の座敷女中をしていた。安兵衛はお静と重左衛門との間に生まれた子である。重左衛門は馴染《なじ》みにしていた花房屋でお静と知り合い、情を交わすような仲になって、安兵衛が生まれたのだ。

重左衛門はお静を身請けし、浅草今戸町の大川端の仕舞屋《しもたや》を買取ってお静を住まわせ、そこで安兵衛を育てさせた。ところが、安兵衛が八つのとき、お静が病死したため、重左衛門は自邸に安兵衛を三男として引き取ったのである。

安兵衛は長岡家で暮らすようになったが、重左衛門をのぞいた家族は冷たかった。そんな安兵衛を何かと面倒をみてくれたのが、榎田だった。そのため、安兵衛は榎田に肉親のような親しさをもっていた。榎田も主従というより倅のように思うところがあるようである。

「平衛門も、息災そうではないか」

安兵衛はお房に茶を頼み、榎田の脇の上がり框に腰を下ろした。

「お蔭さまで、体だけは丈夫でございます」

「丈夫がなにより。それで、用件は」

「大殿に、安兵衛さまのご様子を見てこいと仰せつかりまして」

榎田は声をひそめて言った。

大殿とは、隠居した重左衛門のことである。重左衛門は、安兵衛が笹川に居候していることを知っていて、ときたま様子を見に榎田を寄越すのである。ふしだらな安兵衛の暮らしぶりが心配でならないらしい。

「おれは、相変わらずだ」

「そのようでございますね」

榎田は困惑したように顔をしかめたが、口元には苦笑が浮いていた。

「ただ、様子を見に来たわけではあるまい」

安兵衛は榎田の耳元でささやいた。

榎田が安兵衛の様子を見に来るとき、なにがしかの金を重左衛門から預かってくることが多かった。

「まァ、そうですが」

「出す物があったら早く出せ」

「その前に、安兵衛さまにお話がございます」

榎田はあらたまって安兵衛に体をむけ、大殿さまからのご意見をお伝えしてからでございます、と前置きして、いつまでも、料理屋に居候していてはいかん、剣や学問に身を入れろ、そのうち、いい婿養子の口があるから、身持ちをよくせねばならぬ、などといつもの意見をくだくだと言いつのった。

聞いていると、榎田自身の意見がだいぶ付け加えられているようだったが、安兵衛は我慢して聞いていた。

小半刻（三十分）もして、榎田はやっと話をやめ、お房が出してくれた茶で喉をうるおすと、おもむろにふところから財布を取り出し、折り畳んだ紙片を取り出した。

「大殿より、お預かりしたのはこれでございます」

榎田は紙片を安兵衛の膝先に置いた。

ひらいて見ると、小判が三枚つつんであった。

「三両か……」

安兵衛は落胆したように言った。いつもは、五両ほど持参するのである。

「三両かとは、何です。安兵衛さま、大殿がこの金を工面するのに、どれほどご苦労なさっておられるか、考えたことがおありですか」

榎田の細い目がつり上がった。

「分かった、分かった。父上も、さぞ、ご苦労なさったのであろう」

安兵衛は榎田が何か言いたそうにしているのを制して、立ち上がった。三両分の説教はじゅうぶん聞いたと思ったのである。

仕方なさそうに榎田も腰を上げると、

「お屋敷にも顔を見せるようにと、大殿さまが仰せられてましたぞ」

と、安兵衛を睨《にら》むように見すえて言った。

「分かった。そのうち、屋敷に顔を出そう」

「そのおりは、そのむさい姿をなんとかしていただきたいものですな」

そう言い置いて、榎田は戸口から出ていった。

「おれの姿はむさいか」

安兵衛は無精髭の伸びた顎を撫でた。そう言われれば、無精髭や月代《さかやき》が伸び、着物はよれよれで、旗本の子弟らしからぬ風貌《ふうぼう》ではある。

その榎田と入れ替わるように、又八が姿をみせた。又八は、榎田のことを知っていたので、安兵衛の顔を見ると、

「極楽の旦那、ふところが暖かくなりやしたね」

と言って、ニヤニヤと笑った。

「又八、何の用だ。そう油を売っていては、商売にならんだろう」

朝方、梅吉たちと話し込んでいた又八が店を出ていってから、まだ二刻（四時間）ほどしか経っていないのだ。

「それが、旦那にお知らせした方がいいと思いやしてね」

又八は丸い目を大きく瞠《みひら》いて言った。

「何かあったのか」

「へい、登勢が見つかりやしたんで」

今朝方、行方が知れなくなったと話していた遊喜楼の芸者である。

「どこにいた？」

「それが、死んでまして」

又八によると、登勢の水死体が薬研堀《やげんぼり》ちかくの大川にかかる桟橋の杭にひっかかっていたそうである。

「近所の船頭が見つけやしてね。桟橋に引きずり揚げたそうでして。あっしは、柳橋界隈を売り歩いていて話を聞きつけ、すぐに行って見たんでさァ」

「ご苦労なことだな」

又八は野次馬根性が旺盛なのだろう。商売をほったらかして、死体を見にいったようだ。

「まちげえなく、登勢でしたぜ。着物ははだけ、ざんばら髪で、恨めしそうな目であっしを見てやしてね。……このまま、うっちゃっておけねえ。早く、安兵衛の旦那に知らせねえとと思いやして、飛んで来たんでさァ」

「何で、おれに知らせなければならんのだ」

「そりゃァ、旦那がいままで浅草寺界隈の揉め事に首をつっ込んで始末をつけてきたからですよ。それに、暇でしょうし……。後で、何でおれに知らせなかったと叱《しか》られるのは嫌ですからね」

「うむ……」

暇なのは事実だが、界隈の揉め事にかかわった覚えなどなかった。強いていえば、笹川にかかわる諍《いさか》いや客との揉め事に首をつっ込んで始末をつけてきただけである。それも、居候の身として仕方なしにやったことだ。

「ともかく、死骸《ほとけ》をおがんでみたらどうです。ゾッとするようないい女の水死体ですぜ。見物人も、大勢出てやすからね」

又八が目をひからせて言った。好奇心にくわえて卑猥《ひわい》な色がある。浅草の売れっ子芸者の裸身を見て、よからぬ劣情をいだいたようである。

「薬研堀まで歩くのか」

安兵衛は女の裸身はともかく、行ってみる気になった。水死というが、浅草西仲町で行方が知れなくなった登勢が、なぜ大川で水死体になって発見されたのか、そこに興味を持ったのである。

「とっつァんに、猪牙舟を出してもらったらどうです」

とっつァんというのは船頭の梅吉のことである。

「そうするか」

安兵衛は、朱鞘《しゅざや》の大刀を手にして立ち上がった。

四

梅吉は大川の桟橋に舫《もや》ってある猪牙舟にいた。今日は舟を使う客はなく、手持ぶさたのようである。安兵衛が、薬研堀ちかくまで、舟を出してくれと頼むと、

「おやすいご用で」

と言って、すぐに舫い綱をはずした。

川風は冷たかったが、寒いほどではない。春の陽を反射《はね》た川面が、眩《まぶ》しいほどにひかり輝いていた。穏やかな陽射しのなかを、客を乗せた猪牙舟や荷を積んだ艀《はしけ》などが行き交っている。

安兵衛たちを乗せた舟は、右手に浅草御蔵の土蔵や首尾の松などを見ながら下り、通行人で賑《にぎ》わっている両国橋の下をくぐった。

「とっつァん、あの桟橋に舟を寄せてくんねえ」

又八が声を上げた。

見ると、桟橋の上に人だかりがしていた。桟橋の先端ちかくに、御番所《ごばんしょ》（町奉行所）の

同心と岡っ引きらしい男たちが集まっていた。町方同心は、黒羽織の裾を角帯に挟んだ巻き羽織という八丁堀風の格好をしているので、遠目にもそれと分かる。

そうした町方の集団からすこし離れた場所に、野次馬らしい連中の人垣ができていた。さらに、桟橋の上の通りにも野次馬たちが大勢集まり、桟橋の方へ目をむけている。

「旦那、舟をどこに着けやす」

艫《とも》で櫓《ろ》を握っている梅吉が訊いた。

町方の集まっている桟橋の先端付近に着けるわけにはいかない。

「あの、石垣ちかくに舫ってある舟の間に入れられるか」

安兵衛が訊いた。

川岸が石垣になっていて、その汀《みぎわ》ちかくまで猪牙舟が舫ってあった。

「承知しやした」

梅吉は巧みに櫓をあやつって、水押《みお》しを舟の間に押し込んだ。

「どいてくんな。そこにいちゃァ、舟から上がれねえぜ」

又八が声を上げて、桟橋にいる野次馬を脇へ寄せた。

安兵衛と又八は桟橋に上がると、野次馬を押し退けて、町方が集まっている場所に近寄った。

「極楽の旦那、あれが死骸《ほとけ》で」

又八が桟橋に立っている男たちの足元を指差した。

言われなくとも分かる。集まった男たちのなかに、女が横たわっていた。乳房が見えるほど胸がはだけ、濡《ぬ》れた緋《ひ》色の襦袢《じゅばん》や千筋《せんすじ》の着物が乱れたまま体に張り付いていた。帯はなかった。入水《じゅすい》した後に解けて、流されたのであろうか。島田髷が解けてざんばら髪になり、首筋やはだけた胸に絡みついていた。

溺死《できし》らしく、膨れた腹が襦袢の間から覗いていた。すでに、町方同心が検屍したらしく、死体の女は両足をひろげていた。同心は死体の股の内側まで見たようだ。検屍となれば、陰門まで見て外傷の有無や性交の経験まで調べるのである。

登勢は苦悶《くもん》に顔をゆがめたまま死んでいた。白い肌は青みをおび、目を瞠《みひら》き口をあけている。その顔にも黒い藻のように髪が絡まっていた。売れっ子芸者とは思えぬ、恐ろしい形相である。

「極楽の旦那、登勢のやつ、うらめしそうな顔をしてやすぜ」

又八が顔をしかめて言った。

「極楽というのはよせ。どうもこの場にふさわしくない。登勢の顔を見てると、地獄で鬼どもに呵責《かしゃく》されているようではないか」

「………」

又八は首をすくめるようにしてうなずいた。

「それにしても、ああなると、抱く気にはなれんな」

安兵衛が又八に小声で言った。

「まったくで」

「あやまって大川へ落ちたのかな」

安兵衛は自殺とは思わなかった。登勢は、花房屋の帰りに男に襲われた後で姿を消したのだ。襲った男の正体は知れないが、登勢は男といっしょだったはずである。

男が登勢を殺す気で、連れていったとも思えなかった。襲った男は、同行していた箱屋を六尺棒で殴りつけて昏倒《こんとう》させたという。襲った男が登勢を殺す気だったのなら、その場で殺せばいいのである。

「旦那、伝蔵《でんぞう》親分ですぜ」

又八が、安兵衛に身を寄せてささやいた。

八丁堀同心の向こうに、小太りの男が屈《かが》み込んでいた。四十がらみ、赤ら顔で眉の濃い男である。浅草界隈を縄張にしている岡っ引きの伝蔵だった。安兵衛も何度か話したことがあったが、好感は持っていなかった。腕はいいが強欲で、お上のご用も金次第でどうにでもなるとの評判である。

伝蔵が、かたわらの同心と何やら話していた。はっきり聞き取れないが、話の隅々に遊喜楼や花房屋の言葉が聞きとれた。あるいは、登勢がいなくなるまでの経緯を話しているのかもしれない。

「ともかく、川筋で聞き込んでみろ」

声を大きくして同心が言った。

その声で、周囲にいた数人の岡っ引きと下っ引きがその場を離れ、桟橋に集まっていた野次馬を掻《か》き分け、通りへつづく石段を駆け上がった。すぐに、伝蔵も平助《へいすけ》という下っ引きを連れて死体のそばを離れた。

「おれたちも、行くぞ」

安兵衛は、これ以上見ていても仕方がないと思った。

「どこへ？」

又八が訊いた。

「決まってるだろう、笹川に帰るんだよ」

安兵衛はきびすを返した。

死体見物は終りである。

五

安兵衛は二階の布団部屋で、お満を相手に飲んでいた。もっとも、ひとりで酒を飲んでいるところへ、お満が勝手に入ってきて、酌をしたり、話しかけたりしているだけのことなのだ。

五ツ（午後八時）ごろだった。お満は居間にいたのだが、寝付く前に母親のお房が座敷へ出たため、寝るに寝られず、ひとりでいるのが寂しくなって、安兵衛の部屋にやって来たらしい。

「とんぼの小父ちゃん、まだ、飲むの？」

お満は、眠いのか目をこすりながら訊いた。

「そうだな。じゅうぶん飲んだから、眠くなったな。どうだ、お満、おれといっしょに寝るか。極楽の夢が見られるかもしれんぞ」

「うん」

「よし、こっちへこい」

安兵衛の部屋の隅に布団をひろげ、その上に横になった。

すると、お満は安兵衛に体をひっ付け、胸に顔を埋めた。いっとき、安兵衛が目をとじて凝《じっ》としていると、お満は寝息をたて始めた。子犬のようなかわいい寝顔である。

……おれは、まだ飲み足らぬ。

お満が熟睡するのを待って、安兵衛はそっと夜具から離れた。

貧乏徳利の酒を手酌で飲んでいると、階段をせわしそうに上がってくる足音が聞こえた。お房である。

「旦那、お満がきてません」

障子をあけるなり、お房が訊いた。

「そこで、極楽の夢を見てるよ」

安兵衛は、夜具の方に顎をしゃくった。

「あらあら、こんなところで寝てしまって」

お房は夜具のそばに来て、お満を抱き上げた。

お満はむずかるような声を出したが、目をさまさなかった。

「旦那、飲んでるところすまないんだけど、並木町まで送ってもらえますか」

お房は、お満を抱いたまま小声で言った。

「また、金の払えなくなった客がいるのか」

夜になって送るとなると、付馬であろう。付馬は安兵衛の仕事なので、嫌とは言えない。

「それが、客じゃァないんですよ。北浜《きたはま》の清乃《きよの》さんなの」

「清乃だと」

北浜は遊喜楼と同じ芸者の置屋で、浅草寺の東側の花川戸町にあった。清乃は溺死体で発見された登勢と同じようにまだ十七歳だが、売れっ子のひとりである。

「そうなのよ」

お房によると、清乃は客の徳兵衛《とくべえ》に呼ばれて笹川に来ていたという。

徳兵衛は、森田町の米問屋の主人で、笹川の馴染み客であった。清乃が気に入っていて、笹川に来るとよく呼ぶのである。

「若い衆《し》をひとり連れてきてるんですけどね。登勢さんのことがあるでしょう。帰るのが怖いというんですよ。それで、旦那に送って欲しいって」

清乃は、ときどき笹川に来るので、安兵衛のことを知っていた。それで、付馬ではなく、用心棒を頼みたいというのだろう。

「お房、清乃に手を出すかもしれんぞ」

安兵衛が大きな顎を指先で撫でながら言うと、

「その心配はありませんよ。旦那だけじゃなく、若い衆もいっしょだから」

お房は、抱いたお満を揺すりながら言った。

「若い衆を先に帰すかもしれん」

「清乃さんは、あたしと旦那のことを知ってますからね。まちがっても、旦那の誘いに乗るようことはありませんよ」

お房は自信ありそうな口調で言った。

「無理か。では、夜風に吹かれて酔いを覚ましてくるかな」

安兵衛は傍らの朱鞘の大刀を手にして、立ち上がった。

玄関先で、清乃と若い衆が待っていた。清乃は色白で面長、目鼻立ちの整った美人である。褄《つま》を取った着物の裾から、緋色の襦袢と白い足首がのぞいていた。何とも色っぽいが、手は出せぬようである。

若い衆は六助《ろくすけ》と名乗った。三十がらみ、痩身《そうしん》ですこし猫背である。三味線の入った箱を大事そうに抱えていた。腕っ節は弱そうである。

「長岡さま、すいませんねえ」

清乃はもうしわけなさそうな顔をした。

「なに、酔い覚ましさ。清乃のようないい女といっしょなら、こっちで銭を払いたいようだぜ」

そう言って、安兵衛は戸口の格子戸をあけた。

月夜だったが、六助が提灯《ちょうちん》を持って前を歩いた。駒形町から浅草寺に向かう通りには、まだ人影があった。通り沿いの料理屋や船宿などから灯が洩《も》れ、酔客の哄笑や嬌声《きょうせい》などが聞こえてくる。

「長岡さまは剣術がお強いそうですね。安心して帰れます」

清乃が安兵衛に跟《つ》いてきながら言った。

「それほどでもねえ」

安兵衛は長岡家に引き取られた後、九段にあった斎藤弥九郎《さいとうやくろう》の神道無念流、練兵館《れんぺいかん》に通って修業した。どういうわけか、剣術の稽古には熱心に取り組み、二十歳を過ぎるころには、塾頭にも三本のうち一本は取れるほどの腕になっていた。

練兵館では俊英と謳《うた》われ、将来を期待されたのだが、兄弟子に料理屋や岡場所などに誘われるうちに酒と女の味を覚え、稽古がなおざりになってきた。特に酒に目がなく、門人たちから飲《の》ん兵衛《べえ》安兵衛などと陰口をささやかれるようになった。

そのうち、飲み屋で酔った揚げ句に無頼牢人と喧嘩《けんか》になり、先に相手が抜いたこともあって、斬り殺してしまった。

父親の重左衛門が奔走し、剣術の真剣勝負で斬ったことにして咎《とが》を受けることは免れたが、屋敷にも道場にも居辛くなって、浅草寺界隈の長屋でひとり住まいをするようになった。その後何年か酒と喧嘩の日々がつづいたが、お房と知り合い、笹川にもぐり込んで現在に至っているのである。

「いい月だこと」

清乃が頭上の月を見上げて言った。

澄んだ夜空に十六夜の月が、皓々《こうこう》としたひかりを放っていた。風のない静かな夜更けである。提灯はなくとも歩けたが、六助は提灯で安兵衛と清乃の足元を照らしながら歩いていた。

三人は雷門の前を右手にまがり、花川戸町の町家がつづく通りへ入った。路地が狭くなり、あたりの闇が増したように感じられた。小料理屋や飲み屋などの提灯の灯が通りへ落ちていたが、人影はなくひっそりとしている。

花川戸町へ入ってすぐ、安兵衛は背後から近付いてくる足音を聞いた。

……尾《つ》けている！

安兵衛は察知した。

それとなく、背後に目をやると、手ぬぐいで頬っかむりした町人体の男が見えた。男の動きは敏捷《びんしょう》だった。軒下闇や板塀の陰などをつたうようにして巧みに尾けてくる。

清乃と六助は、尾行者に気付かぬようだった。ふたりは笹川を出たときと同じ足取りで、人影のない通りを歩いていく。

安兵衛は、町人体の男だけで襲うことはあるまいと思った。背後の男は間をつめる様子もなく、物陰に身を隠しながら尾けてくる。

「そこが、店です」

提灯を持っている六助が、ほっとしたように言った。六助も内心、襲われるのを恐れていたようである。

通りの一角が明るくなっていた。北浜である。掛行灯《かけあんどん》や二階の障子から洩れた灯が、戸口の紅殻《べんがら》格子を浮かび上がらせ、淫靡《いんび》な雰囲気を漂わせている。

……消えた！

安兵衛が後ろを振り返って見ると、町人体の男の姿はなかった。どこかの路地を入ったらしい。

「長岡さま、ありがとう存じます」

清乃は玄関先で、安兵衛に頭を下げた。

「そのうち、清乃の酌で一杯飲みてえな」

安兵衛はそう言って、きびすを返した。尾行者のことは口にしなかった。

六

清乃を送ってから半月ほど経った。この間、清乃や他の芸者が襲われたという噂は耳にしなかった。

安兵衛が二階の布団部屋で酒を飲んでいると、階段を上がってくる足音が聞こえた。女房のそれより、軽い弾むようなひびきがあった。障子があいて顔を出したのは、梅吉の娘のお春である。

「長岡さま、出番ですよ」

お春は微笑みながら言った。

歳は十六。豊頬で大きな黒眸《くろめ》がかがやいている。胸や腰まわりがふっくらして、美人というより可愛らしい感じのする娘だった。

「客か、芸者か」

このところ、安兵衛の仕事は付馬と店に呼んだ芸者を置屋まで送りとどけるのとが、半々だった。

「遊喜楼の滝江《たきえ》さん」

「滝江か」

安兵衛は滝江を知っていた。ときどき客の指名で笹川にも顔を見せる。歳は分からないが年増だった。痩身で色白、三味線がうまいと評判で、遊び慣れた年配者の贔屓《ひいき》が多い芸者である。

「芸者衆に好かれて、いいですね」

お春は、顔を伏せてクスリと笑った。

「これも、仕事さ」

安兵衛は、かたわらの大刀を手にして立ち上がった。

滝江は年配の箱屋を連れていた。弥十《やじゅう》という色の浅黒い、顎のとがった男である。

「姐《ねえ》さん、行きますか」

安兵衛は格子戸をあけて先に外へ出た。

四ツ（午後十時）を過ぎていた。晩春らしい生暖かい風が吹いている。三日月が、雲間から覗いていた。弥十は提灯を持っていなかった。もっとも、遊喜楼は笹川からちかいし、浅草寺の門前へつづく賑やかな通りがほとんどだったので、提灯はなくとも歩けた。

門前通りの左右は、料理茶屋、料理屋、なら茶漬けを出す茶屋などが軒を連ね、まだ商売をしている店も多かった。三味線の音、唄声、哄笑、手拍子などがさんざめくように聞こえてくる。

安兵衛は滝江の後ろに跟いた。弥十が先にたったので、前後から滝江を守るような格好にしたのである。

滝江は口をつぐんだまま足早に歩いた。ただ、駒下駄だったので、そう早くは歩けない。何とか、弥十の歩調に合わせようとしているらしかった。

三人は雷門の南側、茶屋町の手前を右手にまがった。路地を一町ほど入ったところに、遊喜楼はあった。

しんがりの安兵衛が、路地へ入ってすぐだった。背後から、走り寄る足音が聞こえた。

……来たな！

清乃を送っていったとき、跡を尾けてきた町人体の男である。

だが、今夜はひとりではなかった。黒覆面で顔を隠した牢人体の男が、いっしょに駆けてくる。

……襲う気だぜ！

尾行だけではない。町人体の男は、六尺棒を手にしていた。それに、走り寄る牢人の姿に殺気があった。

「だ、旦那、だれか来やす」

弥十が上ずった声をあげた。

意気地のない男である。顔が蒼《あお》ざめ、体が激しく顫《ふる》えていた。滝江も襲撃者に気付き、恐怖に顔をひき攣《つ》らせていた。安兵衛は、咄嗟《とっさ》にふたりの手から滝江を守るのはむずかしいと踏んだ。

「滝江、弥十、店まで逃げろ!」

安兵衛は声を上げ、きびすを返した。ここで迎え撃って、ふたりを店まで逃がすのである。

滝江は、は、はい、と喉のつまったような声で答えると、褄を高く取り、下駄を鳴らして駆けだした。弥十が、悲鳴のような声を上げながら後につづく。

安兵衛は着物の裾を後ろ帯にはさみ、両足を露出させた。こうすると、自在に動けるのである。そして、鯉口《こいぐち》を切り、抜刀体勢を取った。

ふたりの男は、立ちふさがっている安兵衛に駆け寄ってきた。戦う気のようである。

牢人は長身瘦軀《そうく》だが、胸が厚く腰もどっしりとしていた。武術で鍛えた体であることは、すぐに見てとれた。

町人は格子縞《こうしじま》の着物を尻っ端折りし、雪駄《せった》履きだった。中背で顎のとがった男である。手ぬぐいで頰っかむりしているので顔ははっきりしないが、二十代半ばらしい。頰っかむりの間から、細い目がうすくひかっていた。ただの町人ではないようだ。身辺に闇のなかで生きてきた陰湿さと酷薄さがただよっている。

「ここは、通さねえぜ」

安兵衛は刀を抜くと、握った手にフーと息を吹きかけた。斬り合う前の癖だが、ひとつ大きく息を吐くことで、闘気を高めるとともに異常に昂《たかぶ》った気を鎮める効果もある。

安兵衛の双眸《そうぼう》が、獲物を前にした野獣のようにギラギラひかっていた。

牢人体の男も抜刀した。安兵衛を見すえた目に射るような鋭さがある。遣い手らしい。

牢人はおよそ二間半の間合を取って八相に構えた。

撫で肩で、腰が据わっている。大樹のような大きな構えだった。押しつつむような威圧がある。

町人体の男は六尺棒を手にして、安兵衛の左手にまわり込んできた。杖術を身につけているわけではないだろうが、棒を手にした身構えに隙がなかった。それに、動きが敏捷そうである。

……油断ならねえ。

端《はな》から安兵衛を始末するつもりで仕掛けたようである。

清乃を送っていったとき、安兵衛を目にした町人体の男は、ひとりでは敵《かな》わぬとみて牢人を同行したにちがいない。

「いくぜ」

安兵衛は青眼《せいがん》に構えると、つかつかと牢人との間合をつめ始めた。

安兵衛が学んだのは神道無念流だが、練兵館を出てからは喧嘩や真剣勝負のなかで無手勝流の喧嘩殺法を身につけた。構え合っての斬り合いより、場や相手に応じた動きのなかでの刀法である。

牢人も趾《あしゆび》を這わせるようにして間を寄せてきた。全身に気勢が満ち、斬撃の気がみなぎってくる。

一気に両者の間合が詰まった。

安兵衛が斬撃の間境を越えた刹那《せつな》、夜陰を裂くような剣気が疾《はし》った。

テヤアッ!

安兵衛が甲高い気合を発しざま、青眼から切っ先を撥ね上げるように逆袈裟《ぎやくけさ》に斬り込んだ。間髪を入れず、牢人が八相から斬り下げる。

二筋の閃光《せんこう》が眼前で衝突し、キーン、という金属音とともに青火が散り、ふたつの刀身が跳ね返った。

刹那、ふたりは背後に跳びながら二の太刀をふるった。

安兵衛は牢人の手元へ斬り下ろし、牢人は逆胴《ぎゃくどう》を払った。両者の一瞬の反応である。

牢人の右手の甲が裂けて肉がひらき、血がほとばしり出た。一方、安兵衛の脇腹の着物が裂けたが、肌に血の色はなかった。

ふたりが二の太刀をふるった次の瞬間、町人体の男が六尺棒で殴りかかってきた。

反転する間がなかった。咄嗟に、安兵衛は刀身を撥ね上げた。六尺棒が流れ、町人体の男の体が泳いだが、安兵衛の体勢もくずれた。

「死ね！」

叫びざま、牢人が目をつり上げて斬り込んできた。

牢人の右手から血が飛び散った。斬られた手は動くようである。

咄嗟に安兵衛は体をひねりながら牢人の斬撃を受けたが、腰がくだけ後ろへよろめいた。

なおも牢人が振りかぶって迫ってくる。安兵衛は体勢をたてなおす間がなかった。かわしきれぬと感知した安兵衛は肩先から地面に倒れざま、牢人の足元を払った。捨て身の攻撃である。

安兵衛の切っ先が、牢人の右足の肉を削《そ》いだ。

牢人は驚愕《きょうがく》と激痛に目を剝《む》いた。まさか、安兵衛が地面に倒れながら刀をふるうとは思わなかったのだろう。これが、構えも刀法もない安兵衛の喧嘩殺法だった。

牢人は呻《うめ》き声を上げて後じさった。

「ひ、引け！」

牢人は反転した。

逃げ出した牢人の後を追って、町人体の男も駆けだした。ふたりの男の姿は、すぐに夜陰のなかに消えて見えなくなった。

「痛《いて》えな」

安兵衛は足に疼痛《とうつう》を感じた。

立ち上がって見ると、膝頭から血が出ていた。転倒したとき、擦りむいたようだ。

安兵衛は帯に挟んだ着物の裾を下ろし、砂埃をたたいてから歩きだした。今夜は、このまま笹川へ帰るつもりだった。

……それにしても、あいつら何のために芸者を襲うのだ。

浅草の夜の町を歩きながら、安兵衛の胸の疑念は深まった。

七

「極楽の旦那、大変《てえへん》だ！」

又八が笹川に飛び込んできた。

遅い朝餉《あさげ》を終えて、店先の追い込みの座敷で茶を飲んでいた安兵衛は、湯飲みを手にしたまま腰を上げた。

何か事件があったらしい。又八のどんぐり眼と丸顔が真っ赤に染まっている。走りづめで来たようだ。

玄関ちかくの土間に、お房とお春がいた。ふたりとも、驚いたような顔をして又八に目をむけた。

「どうした?」

安兵衛が訊いた。

又八はチラッとお春たちに目をやってから、

「き、清乃が、いなくなっちまったんで」

と、声をつまらせて言った。

「なに、清乃が」

安兵衛も声を大きくした。お房とお春も顔をこわばらせた。

安兵衛と又八のやり取りを耳にしたらしく、峰造も板場から出てきた。又八のまわりを四人が取り囲む格好になった。

「どういうことだ。詳しく話してみろ」

「へ、へい。今朝方、あっしは魚を売り歩いて花川戸町へ行ったんでさァ。するてえと、北浜の店先で若い衆《し》が騒いでやした。あっしは、すぐに若い衆のひとりをつかまえて問い質したんでさァ」

又八の話はこうである。

昨夜、清乃は客に呼ばれ、西仲町の花房屋に若い衆の六助を連れて出向いたという。宴席を終え、清乃は六助とともに四ツ（午後十時）ごろ花房屋を出た。花房屋からの帰りに襲われた登勢のことがあったので、清乃はすこし遠まわりになるが人影の多い雷門の門前の広小路へ出て、花川戸町へむかったそうである。

途中変わったことはなかったが、清乃たちが花川戸町の北浜へつづく路地へ入って間もなく、後ろから駆け寄ってきた男が手にした六尺棒で、いきなり六助を殴りつけた。六助は一撃で昏倒し、気が付いたときには清乃の姿がなかったという。

「六助から話を聞いた北浜の若い衆が、すぐに付近を探したが、清乃の姿はどこにもなかったそうでしてね」

「うむ……」

六尺棒を持った男は清乃を花房屋から尾け、人影のない場所まで来て襲ったのであろう。

安兵衛が二度姿を見た中背で顎のとがった男にちがいない。

……売れっ子の芸者をさらうのが、狙《ねら》いではあるまいか。

と、安兵衛は思った。

そうであれば、すぐに命を奪われるようなことはあるまいが、登勢のように川から突き落とされて死ぬかもしれないという懸念はあった。

「又八、行ってみるか」

安兵衛は上がり框から土間へ下りた。

「どこへ？」

又八が訊いた。

「大川だよ。登勢のようなことがあるかもしれんぞ」

安兵衛は、襲われた場所から大川までの道を歩いてみようと思ったのだ。

「行きやしょう」

又八は目をかがやかせた。銭にもならないのに、こういうことに首をつっ込みたくなる性分らしい。

又八はお房とお春の前に行き、旦那と清乃さんを探しに行ってきやす、と言って、両袖をたくし上げた。女たちの前で、男振りを上げるつもりらしい。

「待て、手ぶらというわけにはいかぬ」

安兵衛は、お房の方に顔をむけ、いつものやつを頼む、と小声で言った。

「またですかァ。いったい、なにしに行くのやら」

お房は揶揄《やゆ》するような口調で言ったが、すぐに板場へむかった。

いっとき待つと、お房は朱塗りの瓢《ひさご》を手にしてもどってきた。安兵衛愛用の携帯用の酒入れである。瓢簞《ひょうたん》のくびれに紐《ひも》が結んであり、その紐の先に木製の杯が付いている。

「旦那、酒ですかい」

又八があきれたような顔をした。

「今年の春は、花見にもいってないからな。大川端で、探索しながら一杯やるのよ」

安兵衛は瓢を肩に、格子戸をあけて外へ出た。

まず、ふたりは北浜へ行ってみることにした。

笹川を出ると、浅草寺の門前へむかった。雷門の前の広小路は賑わっていた。浅草寺の参詣客や物見遊山の客などが引きも切らさず行き交い、大勢の足音にくわえて、甲高い子供の泣き声、物売りや大道芸人の客を呼ぶ声、町娘の笑い声などが広小路をつつんでいる。

安兵衛と又八は雷門の前を右手にまがり、花川戸町の通りへ入った。道幅がせまくなり、急に人影が少なくなった。浅草寺界隈の通りも路地へ入ると、さっきまでの喧騒が嘘のように静かになる。

「旦那、戸口に集まってますぜ」

又八が歩きながら言った。

見ると、北浜の戸口の紅殻格子の前に、数人の男が立っていた。店の若い衆と六助、それに岡っ引きの伝蔵と手先の平助がいた。

伝蔵は清乃が襲われて拉致《らち》されたことを知って、調べに来たらしい。六助から事情を訊いているのであろう。

「どうしやす？」

又八が訊いた。

「おれたちは、町方ではないぞ。割り込んで、話を訊くわけにもいくまい」

安兵衛は足をとめ、襲われたのはこの辺りかな、とつぶやいて、周囲に目をやった。

北浜の店先は半町ほど先である。路地の右手が黒板塀、左手が閉店した古い小間物屋で、表戸をしめたままになっていた。人知れず襲って連れ去るにはいい場所である。

ただ、それらしい痕跡は何もなかった。

さらに、安兵衛は道筋に目をやった。清乃を連れ去ったとすると、どの道を通ったのか。大川端に出るには、このまま道を南にむかえばちかいが、北浜の前を通らねばならない。

駕籠《かご》でも使えば別だが、拘束した清乃を連れて店の前を通ることはできないだろう。

見ると、小間物屋の脇に細い路地があった。入ってみると、すぐに裏通りへ突き当たった。

「清乃をさらった男は、この道を通ったのかもしれねえな」

「この先は、確か、大川端ですぜ」

又八が言った。

「行ってみよう」

ふたりは、裏通りを南にむかった。狭い通りの左右には、ごてごてと小体な裏店がつづいていた。子供が遊んでいたり、長屋の女房が路傍で立ち話をしていたり、どこでも見かける路地裏である。ただ、陽が沈み路地に面した裏店が表戸をしめれば、人影はなくなるはずだ。

しばらく歩くと、低い家並の先に大川の川面が見えてきた。すこし風があり、波立った川面が晩春の陽射しを反射《はね》てかがやいていた。その黄金色のひかりにつつまれ、猪牙舟や屋根船などが、ゆったりと行き来している。

突き当たりは土手だった。低い土手の上に桜が植えてあった。花の季節が終り、桜の木は淡い緑に彩られている。

安兵衛は土手に上った。すぐ下が、大川の岸辺である。川岸ちかくに富商の寮か隠居所といった感じの黒板塀をめぐらせた屋敷があったが、民家はなかった。すこし川下へ行くと、岸際に料理屋や船宿らしき建物がつづいている。

「だ、旦那、あれを」

又八が桜の根元を指差して、声を上げた。

赤い鼻緒の駒下駄がひとつ転がっていた。手にして見ると、まだ新しく埃《ほこり》も付いていなかった。長く放置された物ではない。

「清乃の下駄だな」

「まちげえねえ。ここを通ったんだ」

又八がどんぐり眼をひからせて言った。

「舟を使ったようだな」

ちかくに桟橋はなかったが、一日や二日なら岸辺の杭に繋《つな》いでおけるだろう。清乃はこの辺りから、舟に乗せられてどこかへ連れ去られたとみていいだろう。

「旦那、川筋を歩いてみますかい」

又八が訊いた。

「無駄だな」

連れ去った男は、このちかくから舟を使ったはずである。清乃を連れて川岸を歩き、移動したとは思えなかった。舟を使えば、河川や堀をたどって江戸市中の広い範囲へ行くことができる。行き先をつきとめるのは至難であった。

「それより、一杯やろう」

安兵衛は、桜の樹陰に腰を下ろした。気持のいい川風が吹いてくる。酒を飲むには、絶好の場所である。

「旦那、清乃を連れていったのはだれなんでしょうね」

渋々と、又八は安兵衛の脇に腰を下ろした。

つづけて三杯干した後、安兵衛は手にした杯を又八に渡し、

「中背で顎のとがった男だよ」

そう言いながら、瓢の酒をついでやった。

「旦那は、そいつに会ったんで」

又八は酒を受けながら聞き返した。

「ああ、遊喜楼の滝江を送っていったときにな、おれに仕掛けてきたのさ」

安兵衛は、まだ又八に話してなかったので、そのときの様子をかいつまんで話してやった。

「てえことは、その牢人者も一味ってことになりやすね」

又八は杯を手にしたまま訊いた。

「そうなるな。他にもいるかもしれんが」

安兵衛は他にも仲間がいるような気がしていた。

それからふたりは、一刻（二時間）ほどで、瓢の酒を空にして立ち上がった。又八は顔を真っ赤にして、すこし足元がふらついていたが、安兵衛は顔色も変えず、平然としている。安兵衛の酒は底なしである。

八

清乃が連れ去られた十日ほど後、今度は柳橋の船膳《ふなぜん》という老舗の料理茶屋の座敷女中の行方が分からなくなった。おはまという十七になる娘だという。

又八や笹川に来た客の話によると、おはまは暮れ六ツ（午後六時）過ぎ、通りが夕闇につつまれるころ柳原通りを歩いている姿を目撃され、それを最後に行方が分からなくなったそうである。

「浅草の芸者だけではねえようで」

又八が言った。

又八は駒形町や材木町で魚を売り歩いた後、いつものように笹川に立ち寄ったのだ。

四ツ(午前十時)ごろである。まだ、笹川は暖簾《のれん》を出していなかったので、戸口ちかくの追い込みの座敷に安兵衛、お房、お満の三人がいた。お満はお房の脇で、着物の柄のような綺麗な模様の江戸千代紙を折って遊んでいた。着物の形にでも、折っているらしい。

「十六、七の綺麗どころをさらう一味が、いるのかもしれねえな」

お仙、登勢、清乃、おはまと四人もつづいたのである。女たちが無断で店を替えたのでも駆落ちでもない。女たちをさらう一味がいるようだ。安兵衛たちを襲ったふたりも人さらいの一味であろう。

「それにしても、清乃さん、どこへ連れていかれたんでしょうねえ」

お房は眉を寄せて言った。お房にすれば、他人事ではなかった。笹川の常連客のなかには清乃を馴染みにしている者が何人もいるのだ。

「どこかに、生きているはずだな。登勢のように死体が見つからないからな」

安兵衛が言った。

「そうだといいんだけど……」

そう言うと、お房は千代紙を折っているお満の手元を覗き込み、うまく折れないところを手伝ってやった。

話がそれ以上進展しないこともあって、又八はめずらしく長居せずに空の盤台をかつぐと、また来やすから、と言い残して帰っていった。

その後、安兵衛も又八も噂話はするが、清乃の行方を探すようなことはしなかった。身内でもないし町方でもないし、ふたりの出る幕はなかったのである。

ただ、安兵衛は急にいそがしくなった。笹川に呼ばれた芸者は、帰るときかならず安兵衛に送ってくれと頼むようになったのだ。笹川だけではなかった。ときには、近所の料理屋や船宿などからも、声がかかるようになった。さながら、安兵衛は界隈の綺麗どころの用心棒といったところである。

「御免よ」

戸口で男の濁声《だみごえ》が聞こえた。客にしては早すぎるし、聞き覚えのない声である。

戸があいて入ってきたのは、岡っ引きの伝蔵と手先の平助だった。平助は二十代半ば、面長で目が細く、狐のような顔をしていた。伝蔵の脇に立って、探るような目で店内を見まわしている。

「これは、親分さん、何かご用で」

お房が腰を上げながら訊いた。

その日もお房の脇で千代紙を折って遊んでいたお満は伝蔵の顔を見ると、慌てて散らばっていた千代紙を掻き集めた。

「なに、そこにいる長岡の旦那に、ちと訊きてえことがあってな」

伝蔵はギョロリとした目で、安兵衛を見ながら言った。

「用は、おれか」

安兵衛は立ち上がった。

お房は、あたし、お茶を淹れるから、と言い残し、お満を連れて板場の方に慌ててひっ込んだ。

「で、親分、用件は」

安兵衛は上がり框に腰を下ろして訊いた。

「遊喜楼で、旦那のことを聞きやしてね。そんときの様子を話してもらいてえと思い、足を運んできたわけで」

そう言って、伝蔵も上がり框に腰を下ろした。手先の平助は、土間の隅に立ったままふたりの話を聞いている。

「弥十から聞いたのか」

どうやら、伝蔵は清乃の件を調べていて、安兵衛が滝江を送っていったとき襲われたことを耳にしたようだ。

「そうでさァ。六尺棒を持った男と牢人に襲われたとか」

伝蔵は仏頂面をして訊いた。

「そうだ。いっしょにいた牢人もなかなかの腕だったぞ」

隠すこともなかったので、安兵衛はその夜の様子をかいつまんで話し、清乃をさらったのも同じ男だな、と言い添えた。

「まァ、そのうちはっきりするでしょうよ。案外、清乃が駆け落ちのために仕組んだ狂言かもしれねえし」

伝蔵は口元にうす笑いを浮かべて言った。

……狂言ではないな。

と安兵衛は思ったが、黙っていた。町方の探索に口出しするつもりはなかったのだ。

そのとき、お房が盆に載せた茶道具を運んできた。お房は茶をついだ湯飲みを、伝蔵の膝先に置きながら、

「親分さん、界隈の芸者衆や通いの女中たちは怖がってましてね。そのうち、夜は出られなくなるんじゃァないかと心配してるんですよ」

と、困惑した顔で言った。

「女将さん、この店は心配《しんぺい》ねえだろう。地獄の閻魔《えんま》さまも怖がるような強え旦那《つえ》が、控えていなさるんだ。もっとも、極楽に閻魔はいねえか」

伝蔵は揶揄するように言って、チラッと安兵衛に目をやってから茶をすすった。

「ところで、親分、清乃の所在はまだ分からんのか」

安兵衛が訊いた。

「それが、まったく。……どこへ、消えちまったのか。こちとらも、連日歩きまわって足は棒のようでさァ」

伝蔵は口をへの字にまげて渋い顔をした。茶が渋かったのか、それとも清乃のことを訊かれておもしろくなかったのか、いずれにしろ、機嫌はよくないようである。

「柳橋でも、女中がいなくなったそうではないか」

安兵衛は、かまわず訊いた。

「柳橋の方は、清乃の件とはちがうかもしれやせんがね。……むこうは、清乃のような綺麗どころじゃァねえし」

そう言うと、伝蔵は腰を上げ、

「旦那も、気をつけてくだせえ。いつも、追い返せるとはかぎらねえからね」

と言い残し、平助を連れて出ていった。

ふたりの足音が聞こえなくなると、すぐにお房が、つづいてお満が顔を出した。

「まったく、嫌なやつ。あいつ、本気で調べる気などありゃァしないんだよ。金にならないことは、やらない男だからね」

お房は、腹立たしそうな顔をして言った。

そばに立っているお満まで両手に千代紙を握りしめたまま、嫌なやつ、と言って、戸口を睨みつけている。もっとも、お満は母親の真似をしているだけのことである。

「まァ、そう言うな。それより、酒を頼む」

「こんなに早くから」

お房があきれたような顔をした。

「そうだ。夜になると、いそがしくなるからな」

安兵衛は立ち上がって、二階の布団部屋へむかった。夜が更けて、芸者衆から送ってくれと声がかかるまで、酒でも飲んで過ごそうと思ったのである。

「うちの旦那も、飲ん兵衛でないともっといいんだけどね」

お房はそう言い置きし、茶道具を持って板場へもどった。

第二章　失跡

一

めんない千鳥、手の鳴る方へ、めんない千鳥、手の鳴る方へ……。お満が手を打ちながら、積んである座布団の陰へまわった。

「どこだ、どこだ、お満はどこへいった」

手ぬぐいで目隠しをした安兵衛は腰をかがめ、両手を前に突き出しながら座布団の山や障子などを探り、お満をつかまえようとする。

「長岡さま、右、右……」

お春が、笑いながら声をかけた。

笹川の二階の布団部屋である。安兵衛がお満を相手に遊んでいるところへ、お春が茶をとどけに来て、そのまま遊びにくわわったのである。ただ、目隠し遊びを始めると、お春は遠慮して、座敷の隅に座ってしまった。子供っぽいところはあるが、お春は十六である。男の安兵衛と体をつかまえ合うわけにはいかなかったのである。

「つかまえた、つかまえた」

座布団の陰で、安兵衛がお満の体を抱きかかえると、お満は身をよじりながら、キャ、キャ、と笑い声を上げた。

「こんどは、あたいが、とんぼの小父さんをつかまえる」

お満は、すぐに手ぬぐいで目隠しをした。

安兵衛は蹲踞《そんきょ》の格好で手を打ちながら、めんない千鳥、手の鳴る方へ……と声を出し、部屋の隅へ後じさった。

お満はちいさな両手を前に突き出しながら、声のする方にそろそろと近付いていく。安兵衛は二度ほど逃げたが、蹲踞の格好で動いたので足が痛くなり、お満につかまってやった。

「つかまえた、つかまえた」

お満は安兵衛の袖口をつかんで声を上げた。

「逃げられぬか」

「また、小父ちゃんの番だよ」

目隠しをとったお満が、手ぬぐいを安兵衛の鼻先に突き出した。

「いや、目隠し遊びはこれまでだな」

安兵衛は、お満の相手に飽きてきたのである。

「小父ちゃん、何して遊ぶ？」

お満は安兵衛の袖口をつかんだまま訊いた。まだ、安兵衛を解放する気はないようだ。

「そうだなァ。お昼寝遊びはどうだ」

「お昼寝遊び？」

お満は訝《いぶか》しそうにちいさな眉を寄せた。

「そうだ。ふたり横になってな、目をとじてどちらが先に眠るか競うのだ」

安兵衛は、お満を眠らせる手に出たのだ。

「やろう、やろう」

お満は、すぐに座布団を畳に敷いて横になった。

安兵衛も、ちいさなお満の体を抱くように体を横たえると、目をとじた。お満も真似して目をとじる。

部屋の隅に座していたお春は、クスッと笑い、音をたてないよう忍び足で座敷から出ていった。

いっときすると、お満の寝息が聞こえだした。安兵衛は薄目をあけて、ニヤリと笑うと、お満から身を離した。お満は目を覚まさず、寝息をたてている。お満も遊び疲れたのであろう。

安兵衛は帳場にいるお房に声をかけ、お満を引き取ってもらった。

六ツ半（午後七時）ごろだった。安兵衛はお房がお満を寝かしつけるのを待ってから、酒の支度をしてもらった。お房は貧乏徳利に酒を入れ、肴《さかな》は客に出した余り物を運んできた。肴は鯛の塩焼き、ひじきと油揚げの煮付け、木の芽あえ、香の物。包丁人の峰造の腕はいいし、笹川では材料も吟味して使っているので、味は申し分ない。こうした贅沢《ぜいたく》な肴にありつけるのも、料理屋に居候しているお蔭である。

布団部屋を夜陰がつつみ、階下や二階の座敷から客の声や三味線の音などが賑やかに聞こえていた。

笹川には、一階の追い込みの座敷の他に客を入れる座敷が三間あった。一階に一間、二階に二間である。三間とも客が入っているらしい。

ちなみに、一階には客用の座敷の他に帳場、板場、それにお房とお満が使っている居間と寝間があった。二階には客間の他に、安兵衛が寝起きしている布団部屋がある。

その布団部屋で酒を飲み始めて、一刻半《いっときはん》（三時間）ほどすると、急に店のなかが静かになった。客のほとんどが帰ったらしい。

……今夜は、送らずに済んだようだ。

安兵衛がそうひとりごちたとき、安兵衛を呼ぶ声がした。

「旦那、下りてきてください」

お房だが、階段の途中で声を上げたらしい。いつになく、甲高いひびきがあった。

すぐに、安兵衛は立ち上がった。何かあったらしい。慌てて階段を駆け下りると、戸口のところにお房、包丁人の峰造、船頭の梅吉が立っていた。行灯の灯に浮かび上がった三人の顔がこわばっていた。特に、梅吉が不安そうだった。陽に灼《や》けた顔がゆがみ、体も小刻みに顫《ふる》えている。

「どうしたのだ？」

「旦那、お春が帰《けえ》ってこねえんで」

梅吉が声を震わせて言った。

「帰らないと」

安兵衛はお房の方に顔をむけた。通常、お春は料理の大半を出し終えると、片付けはせずに帰っていた。夜更けに女ひとりでは物騒だと、早目に帰していたのである。

「お春が店を出たのは、五ツ（午後八時）刻《どき》だけど……。人さらいのことがあるから、ちかごろはいつもより早目に帰ってもらってたんですよ」

お房は心配そうな顔で言った。

「それが、まだもどらないんだな」

梅吉の長屋は駒形町の隣の諏訪町である。ゆっくり歩いても、小半刻（三十分）もかからない。

「へ、へい」

「うむ……」

安兵衛の脳裏に、六尺棒の男と牢人がよぎった。ふたりの手にかかったのかもしれぬ、と安兵衛は思った。柳原通りでは、船膳の座敷女中のおはまがさらわれている。人さらい一味が手を出したのは、売れっ子芸者だけではないのだ。

「だ、旦那、お春は人さらいに遭ったんじゃァねえでしょうか」

梅吉は、がくがくと顎を震わせて言った。お春は、梅吉にとってたったひとりの娘である。心配でならないのだろう。

「ともかく、帰りの道筋を探してみよう」

安兵衛は立ち上がった。

すぐに、お房が店の提灯をふたつ用意してくれた。

外は星空だったが、安兵衛と梅吉は提灯で道筋を照らしながら、大川端の道を諏訪町にむかった。

大川端の道はひっそりとして人影はなかった。すでに、四ツ半（午後十一時）ごろだろう。道沿いの家々は表戸をしめ、夜の帳《とばり》に沈んでいる。汀《みぎわ》に寄せる川波の音と川面を渡ってくる風音ばかりが耳についた。こんな夜更けに、お春が家にも帰らず寄り道しているはずはなかった。

「梅吉、お春が帰るのは、この道筋にまちがいないんだな」

安兵衛は地べたを提灯で照らしながら訊いた。

「へい、街道だと大まわりになりやすんで、いつもこの道を通ってやした」

街道とは、千住街道のことである。梅吉の住む長屋は大川端ちかくにあるので、千住街道では遠まわりになるのだろう。

「これは、何だ」

そのとき、安兵衛は路傍で白くひかっている物を目にとめた。

手に取って見ると、平打《ひらうち》の銀簪《ぎんかんざし》だった。丸形で、菊の花模様が透彫《すかしぼり》になっている。

「お春の簪だ！」

梅吉が声をつまらせて言った。顔がひき攣《つ》っている。

「人さらいか」

こうなると、人さらいの手にかかったとみるよりなかった。お春は笹川からの帰途この辺りで、襲われ拉致されたにちがいない。

「お、お春……」

梅吉が喉のかすれた声でお春の名を呼んだ。

その声は、物悲しい風音にさらわれて掻き消えた。

二

浅草寺の境内は大変な人出だった。供連れの武士、町娘、子供の手を引く母親、旅人など、大勢の参詣客が行き交っている。

雷門から仁王門までの参道の両側には、茶店、薬店、楊枝店などがならび、道端では人形売り、飴売り、独楽廻《こままわ》し、植木屋などの物売りが客寄せの声を張り上げていた。そうした店や物売りに、参詣客や子供たちがたかっている。

「旦那、玄次《げんじ》親分はいませんぜ」

又八は左右に目をやりながら言った。

「ちかごろは、仁王門の先で蝶々を売ってるはずだ」

安兵衛が言った。

ふたりは蝶々の玄次と呼ばれる男と会うために、境内に来ていた。玄次は腕利きの岡っ引きだったが、追っていた盗人のひとりを手にかけて殺害したため北町奉行所の倉持信次郎《くらもちしんじろう》という定廻り同心に手札を返し、いまは浅草寺の境内で玩具の蝶々を売っていた。

ただ、まるっきり町方の仕事から手を引いたわけではない。ときおり、倉持に依頼され相応の手当てをもらって、情報の提供や探索に手を貸していた。ふだんは持ち歩いてないが、十手も持っているはずである。

また、町方の仕事だけでなく、頼まれれば人探しや濡《ぬ》れ衣《ぎぬ》を晴らすための探索なども引き受けていた。蝶々売りのかたわら、現代の私立探偵のような仕事もやっていたのだ。

安兵衛は、笹川がならず者に因縁をつけられて金を脅し取られたとき、玄次に頼んでならず者の隠れ家を探してもらったことがあった。そのとき、玄次はなみの岡っ引きなどより頼りになると思った。それで、お春の行き先をつきとめるために、玄次の手を借りようと思ったのである。

「ねえ、旦那、玄次親分はあっしを使ってくれませんかね」

仁王門を前にして、又八が言った。

「手先にか」

安兵衛は足をとめて訊いた。

「へい、あっしはどうしてもお春ちゃんを探し出してえんで」

又八はめずらしく深刻な顔をして言った。

そう言えば、お春がいなくなったことを知った又八は過剰とも思える反応を見せた。父親の梅吉に負けぬくらい動揺し、帰り道を探したり近所で聞きまわったり、ぼてふりの仕事も手につかぬ有様だった。

今日も朝から笹川に顔を出し、安兵衛が玄次に会いに行くと口にすると、さっそくついてきたのだ。

「それに、あっしは前々から岡っ引きになりてえと思ってやしたが、すぐにぼてふりをやめるわけにもいかねえし、ちかくにいるのは伝蔵親分だけだし……。迷ってたんですよ。玄次親分ならちょうどいいと思いやしてね」

又八は思いつめたような顔をして言いつのった。

又八には母親と妹がいる。ぼてふりの仕事をやめてしまっては食っていけないのだろう。

それに、強欲な伝蔵の手先にはなりたくないようだ。

「いいかもしれねえな」

野次馬根性が旺盛でどこへでも首をつっ込みたがる性分や町々を歩きまわるぼてふり稼業は、岡っ引きの手先にうってつけかもしれない。それに、玄次の手先をしばらく務めてから、岡っ引きになるという手もあるだろう。

ただ、玄次が承知するかどうかは分からない。玄次は岡っ引きのころから一匹狼で仕事をすることが多く、下っ引きは使わなかったと聞いている。

「まァ、話してみるんだな」

「そうしやす」

ふたりは、参詣客が行き交うなかを仁王門をくぐった。

玄次は仁王門をくぐった先の右手にある手水舎《ちょうずや》の脇にいた。玄次は八ツ折の編笠をかぶり、玩具の蝶を入れた箱を首からかけ、蝶々、とまれ、蝶々、とまれ、と言って、手にした蝶の玩具をひらひらと上下させていた。二匹の蝶が飛びまわっているように見える。その様子を、集まった子供たちが目を剝いて見つめていた。

蝶の玩具は、細く削った籤《ひご》の先に紙で作った蝶を貼り付け、筆軸のような篠竹の筒に入れてある。筒を下にすると蝶が飛び出て、筒を上にすると籤がなかに入って、蝶が筒の先端にとまったように見えるのである。

玄次は子供たちの後ろに立った安兵衛と又八を見ると、

「さァ、今日はおしまいだよ。また、明日、買いに来ておくれ」

と言って、蝶の玩具を箱にしまった。

子供たちが離れると、

「極楽の旦那、あっしに何かご用で」

玄次は編笠で顔を隠したまま訊いた。

「ちと、頼みがあってな」

そう言って、安兵衛は周囲に目をやった。付近は参詣客が行き交っていて、とても探索の話などする状況ではない。

「こっちに来なせえ」

玄次は、本堂の裏手に安兵衛と又八を連れていった。

三

人影のない護摩堂の前の松の樹陰に立つと、玄次はかぶっていた編笠を取った。三十がらみ、面長で細い目、剽悍《ひょうかん》そうな顔をした男である。

「で、用というのは？」

玄次が訊いた。

「ちかごろ、浅草や柳橋で芸者や若い女中がいなくなってるのを知ってるか」

「へい、噂《うわさ》は耳にしておりやす」

「おれは、そいつらに出くわしていてな」

安兵衛は、遊喜楼の滝江を送っていったとき、ふたり組に襲われたことをかいつまんで話した。お春の探索を頼むにしても、六尺棒を持った男と牢人のことを知らせておいた方がいいと思ったのである。

「そんなことがありましたかい」

玄次は表情も変えずに言った。

「それで、頼みだが、お春という娘の行方をつきとめて欲しいのだ」

安兵衛は、お春の歳、人相、体付き、笹川の女中だったこと、行方が知れなくなった経緯などを一通り話した。

「行方をつきとめるだけでいいんだが、やってくれるか」

お春の置かれている状況は分からないが、安兵衛はお春を連れ戻したり助け出したりするのは自分の仕事だと思っていた。

「探し出せるかどうか、いまのところは分からねえ」

玄次にすれば、状況を聞いただけである。探し出せると明言できないだろう。

「できるだけでいい」

安兵衛はそう言うしかなかった。

「やってもいいが、ただというわけにはいきませんぜ」

「それは分かってる。どうだ、三両で」

安兵衛はお房に話して、三両用意していた。お房は、お春を連れ戻すためなら、出し惜しみしないよ、と言って、こころよく出してくれたのだ。

「やってみましょう」

玄次はちいさくうなずいた。

「ありがたい」

安兵衛がふところから財布を出して玄次に三両手渡すと、脇から又八が前に出てきた。

「玄次親分」

又八は玄次を直視し、ひどく真剣な顔で言った。

「あっしを、手先に使っちゃァもらえませんか」

「おめえは」

玄次は驚いたような顔をして訊いた。

「ぼてふりをしてる、又八というけちなやろうで」

「又八さんな。……何か勘違いしてるようだが、おれは岡っ引きじゃァねえんだぜ」

「分かっておりやす」

「なら、あきらめな」

「あっしは、どうしても玄次親分の下で仕事がしてえんで」

「浅草には、伝蔵がいるじゃァねえか。町方の手先になりてえなら、伝蔵に頼むのが筋だぜ」

玄次は苦笑いを浮かべて言った。

「伝蔵は金ずくで、何でもやる男だ。あいつの手下だけには、なりたくねえ」

又八は顔を紅潮させて言った。

「そう言われてもな。おれは蝶々売りの身だ。それに、おれこそ、金ずくでやってるじゃァねえか。いま、旦那から三両もらったのを見たろう」

「親分は強請《ゆす》ったりたかったりはしねえ。もらったのは、仕事の手間賃だ」

又八は目を剝いて言った。

「そう言ってくれると、ありがてえが……」

玄次の顔に困惑の色が浮いた。

「親分、お願《ねげ》えしやす」

又八は頭を下げた。

「できねえな」

玄次はつっぱねるように言った。

「おめえにはすまねえが、おれはひとりでやるのが性に合ってるんだ。……おめえ、探索がしてえなら、勝手にやればいいぜ。ぼてふりをやりながら、お春という娘の行方を聞き込むんだ。そうすりゃァ、おれより先にお春の居場所をつき止められるかもしれねえぜ」

玄次は安兵衛に顔をむけて、それじゃァ、あっしはこれで、と言い残して、きびすを返した。

「…………」

又八は悄然《しょうぜん》として、去っていく玄次の後ろ姿を見送っていた。

「又八、行こうか」

安兵衛は本堂の方へ歩きだした。

「旦那ァ、あっしはどうすればいいんで」

又八は安兵衛の後を追いながら泣き声で訊いた。

「おまえ、玄次が言ったのを聞かなかったのか。ぼてふりをやりながらお春のことを聞き込め、と言ったじゃァねえか」

「へい」

「手先にはしねえが、いっしょにお春の居場所をつきとめようてえことなんだぜ」

安兵衛がそう言うと、

「するってえと、あっしも玄次親分と同じように探索をしてもいいってことですかい」

又八は顔を上げて、安兵衛を見た。

「そうなるな。これからは、又八親分と呼んだ方がいいかな」

そう言って、安兵衛は口元に笑いを浮かべた。

「又八親分ねえ……」

又八は愁眉《しゅうび》をひらいて、跳ねるような足取りで安兵衛に跟《つ》いてきた。

四

蝶々の玄次は独り者で、浅草三好町の長屋に住んでいた。大川の御厩河岸《おうまやがし》の渡し場のちかくにある徳兵衛店《とくべえだな》という棟割り長屋である。

安兵衛からお春の探索の依頼を受けた翌日、玄次はいつもの蝶々売りには出かけず、黒股引《ももひき》に半纏という職人か船頭のような身装《みなり》で吉原に足をむけた。まず、吉原でお春のことを聞き込んでみようと思ったのである。

人さらい一味は、これまで若い売れっ子芸者や器量のいい料理屋の女中をさらっていた。一味はその女たちを遊女屋や置屋などに売ったのではあるまいか。連れ去られたのはいずれも若く洗練された器量のいい女たちである。五十両、六十両の高値がついてもおかしくはない。

玄次は浅草寺の脇の馬道《うまみち》と呼ばれる通りを北にむかい、日本堤につきあたると、吉原のある左手にまがった。日本堤は山谷堀に沿ってつづく吉原への道である。

堤の両側には、葦簀《よしず》張りの水茶屋や焼き団子、飴、菓子などを売る屋台がならび、大勢の遊客の姿があった。ほとんどが、吉原にむかう男たちである。頭巾《ずきん》で顔を隠した武士、商家の旦那ふうの男、遊び人などがぞろぞろと歩き、その間を客を乗せた駕籠が足早に過ぎていく。

玄次は屋台の前に与之吉《よのきち》という地まわりがいるのに気付いた。焼き団子を食っている。与之吉は遊女屋をひやかして歩いたり、金のありそうな遊客にたかったりしているごろつきである。

「与之吉、ひさしぶりだな」

玄次は与之吉の脇から声をかけた。

「こりゃァ、親分、おめずらしい」

与之吉は手にした串を路傍の叢《くさむら》に放り投げた。玄次が岡っ引きだったのを知っているのである。

「もう、親分じゃァねえ。蝶々売りよ」

「そうでした」

「訊きたいことがあってな。なに、おめえにかかわる話じゃァねえんだ。……ここで立ち話をするわけにもいかねえなァ。歩きながら話そうじゃァねえか」

「へえ」

与之吉は渋い顔をして跟いてきた。

「おめえ、浅草や柳橋で若い女がいなくなってるのを知ってるかい」

「噂は聞いてやすが、親分はそのことで調べてるんで」

与之吉が訊いた。

「なに、頼まれてな、娘の居所を知りてえだけなのよ。それで、ちかごろ吉原に十六、七の上玉が連れてこられたって話はねえかい」

女衒《ぜげん》が連れてくる泥臭い小娘とはちがう。すでに、清乃は芸者として人気を得ている上玉である。吉原の遊女屋を冷やかし歩いている地まわりの耳には、入っているだろうと思ったのだ。

「聞いてねえなァ」

与之吉は首をひねった。嘘を言っているようには見えなかった。

「惣籬《そうまがき》だと思うが、まだ客はとらねえかもしれねえ」

惣籬は、吉原でも最上級の妓楼である。妓楼の入り口を入ると細い格子が組まれていて、それを籬と呼んでいる。惣籬とは、全面が格子になっている大見世のことである。ちなみに、吉原の妓楼は、惣籬、半籬《はんまがき》（中見世）、惣半籬《そうはんまがき》（小見世）に分かれていた。玄次は、連れていかれた上玉なら惣籬の遊女が務まるだろうと思ったのである。

「そんな噂は耳にしませんぜ」

与之吉は声を強くして言った。本当に知らないらしい。

「新造《しんぞう》のなかにもいねえかい」

玄次は念を押すように訊いた。振袖新造《ふりそで》は姉女郎についている見習いの遊女である。

「へい」

「そうかい。手間をとらせたな。いってもいいぜ」

玄次は足を早めて、大門の方にむかった。念のため、郭内でも聞き込んでみようと思ったのである。

「ヘッヘ……。親分、お気をつけて」

与之吉は立ち止まり、嗤《わら》いながら玄次を見送った。

大門は黒塗り屋根付きの冠木門《かぶきもん》である。屋根の下には、ずらりと神仏の御祈禱札《きとうふだ》が打ち付けてある。その大門をくぐると、仲の町の通りがあり、左右には水道尻《すいどうじり》と呼ばれる突き当たりまで引手茶屋が軒を並べていた。

玄次は引手茶屋の前を足早に歩いた。まだ、仲の町の通りは、それほど賑わってはいなかった。七ツ半（午後五時）ごろである。吉原は昼見世が終り、暮れ六ツ（午後六時）からの夜見世が始まる前であった。

玄次は話の聞けそうな相手が見つからなかったので、鉄漿溝《おはぐろどぶ》側の西河岸に行ってみた。西河岸と反対側の東河岸には、局見世《つぼねみせ》と呼ばれる最下級の女郎屋が並んでいた。局見世は長屋のように区切られた部屋に女郎がいて、そこに客を引き入れ、短い時間切り売りするのである。

その局見世の戸口の脇に、竹六《たけろく》という遊び人がかがんで、莨《たばこ》を吸っていた。玄次は竹六を知っていた。岡っ引きのころ、賭場《とば》へ出入りしていた竹六を見逃してやったことがあったのだ。

玄次は竹六に与之吉と同じようなことを訊いてみたが、やはり知らないようだった。

「親分、清乃のような女がここに連れてこられりゃァすぐに噂がたちますぜ」

竹六は清乃の行方が知れなくなったことを知っていて、そう言った。

「おめえの言うとおりだな」

玄次はそう言い残して、局見世の前を離れた。

それから、玄次は郭内をまわり、ふたりほど話の聞けそうな男をつかまえて訊いてみたが、やはり女たちが吉原に連れてこられた様子はなかった。

……吉原じゃァねえな。

と、玄次は思った。

考えてみると、吉原は女たちが連れ去られた浅草寺界隈《かいわい》から近すぎた。吉原の遊客のなかにも、竹六のように清乃やお春のことを知っている者もいるだろう。

……今日のところはこれまでだ。

玄次は吉原を出ると、そのまま長屋のある三好町にもどった。明日から、岡場所で知られた深川へ行ってみようと思った。

五

玄次は人さらい一味が、清乃やお春たちを舟で運んだのだろうとみていた。舟となると、深川は最も適した場所だった。深川には深川七場所と呼ばれる遊廓があるが、いずれの場所にも舟でちかくまで行けるのだ。

その日、玄次は午後になって徳兵衛店を出た。遊廓は夕方から賑やかになり、客の出入りも多く話を聞きやすいと思ったからである。

玄次は両国橋を渡り、大川端を通って深川にむかった。まず、仲町でお春のことを聞いてみようと思った、仲町は富岡八幡宮《とみおかはちまんぐう》の門前にあたる永代寺門前仲町の略称で、深川七場所のなかでも最も繁盛していた。しかも、仲町の遊廓には呼出《よびだし》と呼ばれている上妓を抱えている子供屋《こどもや》が多く、お春が連れてこられたとすれば、仲町だろうと見当をつけたのである。

暮れ六ツ（午後六時）前だったが、仲町の表通りは賑わっていた。八幡宮の参詣客や岡場所めあての遊客などが、行き交っている。

玄次は仲町の表通りを歩いてみたが、顔見知りはいなかった。この辺りは、岡っ引きのころ縄張にしていた浅草、下谷界隈から遠かったので、玄次は顔見知りと出会わなかったのである。

梅田屋《うめだや》という呼出茶屋《よびだしちゃや》の前に、弁慶格子《べんけいごうし》に雪駄履きのぎゅう（妓夫＝客引き）らしき男がいた。呼出茶屋は遊客が呼出を呼んでもらう茶屋である。

「ちょいと、話があるんだが」

玄次は男のそばに身を寄せて小声で言った。

「おめえさん、ひとりかい」

男は玄次を梅田屋の客と思い込んだらしく、物言いはやわらかかった。

「女のことで、聞きたいことがありやしてね」

玄次はすばやくふところから巾着《きんちゃく》を出し、男の手に一朱銀を握らせてやった。この手の男には袖の下を使わないとなかなか話が聞けないのである。

「なんでえ、店の女のことなら何でも話してやるぜ」

男は顔をくずした。袖の下が利いたらしい。

「ちかごろ、この辺りの子供屋に、浅草の芸者が連れてこられたってえ噂を耳にしてねえかい」

玄次は、清乃のことを持ち出した方が分かりがいいだろうと思ったのだ。

「浅草の芸者だと」

男の顔に警戒の色が浮いた。店の客ではないと察知したようだ。

「おめえさん、御用聞きかい」

男はさらに声をひそめて訊いた。

「まァ、そんなところだ」

玄次は否定しなかった。そう思わせておいた方が話が聞きやすかったのだ。

「芸者な。……聞いてねえなァ」

男は首をひねった。隠すつもりはないようである。

「清乃という名で、浅草じゃァ売れっ子だ。歳は十七」

玄次は安兵衛から聞いた清乃の容貌を簡単に話した。名を変えている可能性が高かったからだ。

「分からねえなァ。仲町だけで、子供屋は九軒ある。呼出はざっと七、八十人だ。それに、女郎が百人ほど。連れてこられたばっかりだと、なおのこと分からねえ」

深川では女郎を伏玉《ふせだま》と呼び、女郎屋にいて直接客をとる。呼出より格下の売女である。

男の話によると、子供屋や女郎屋には連日のように身を売った娘たちが女衒に連れてこられているし、料理屋の女中や飲み屋の酌婦などから身を売って呼出や伏玉になる者もめずらしくないという。

「お春という女はどうだ」

玄次はお春の歳と容貌を話した。

「分からねえが、この店にいねえことはたしかだ」

男はすこし声を大きくして言った。

「ほかに上玉が、売られるとしたら、どの店だい」

玄次が訊いた。

「鶴屋《つるや》と錦楼《にしきろう》かな」

男によると、鶴屋と錦楼は仲町のなかでも代表格の子供屋で、大勢の呼出を抱えているという。

「手間を取らせたな」

玄次は男と別れ、さっそく鶴屋と錦楼にまわった。それぞれの店の若い衆をつかまえてお春と清乃の所在を訊いてみたが、店にはいないそうである。

その夜は何の収穫もなく、玄次は三好町の長屋にもどった。

玄次は翌日も午後になってから、深川へ足をむけた。お春の捜索はこれからだと思っていた。深川だけで七場所もある岡場所の密集地のなかで、仲町の一部しか当たっていなかったのである。

長屋を出て浅草御蔵の脇の道へ来たときだった。玄次は背後から近寄ってくる足音を聞いて振り返った。

「待ちなよ、玄次」

声をかけたのは、伝蔵だった。下っ引きの平助をしたがえている。

「おれに用かい」

玄次は足をとめた。

「おめえに話があってな。長屋に寄ってみると、ちょうど路地木戸を出るところだったので、後を追ってきたのよ」

「話というのは」

「おめえ、倉持の旦那に手札を返《けえ》したんじゃァねえのかい」

伝蔵は玄次を睨《ねめ》るように見すえて言った。平助も細い目で、刺すように玄次を見ている。

「ああ、返したよ」

「それにしちゃァ、妙なところに首をつっ込んで嗅ぎまわってるじゃァねえか」

伝蔵の声にはなじるようなひびきがあった。

「……………」

「おめえ、吉原へ行って、清乃やお春のことを聞いてまわったそうだな」

「それがどうしたい」

「浅草はおれの縄張だぜ。挨拶《あいさつ》なしに勝手なことをされちゃァ、おれの顔がたたねえんだよ」

伝蔵は赤ら顔をさらに紅潮させて言った。

「それは悪かったな。だがな、おれはお上の御用で動いてるわけじゃァねえんだ。頼まれてな、お春の行方を探してるだけよ」

「それが、気にいらねえんだ」

伝蔵が怒気をあらわにした。

「なにも、おめえの邪魔をしてるわけじゃァねえ。放っておいてくんな」

そう言うと、玄次はきびすを返した。

「おい、玄次、おれの鼻っ先をうろうろしやがったら、ただじゃァおかねえからな。覚えとけよ」

背後で、伝蔵が怒鳴り声を上げた。

玄次は後ろを振り返って見なかった。これ以上、伝蔵とかかわり合いたくなかったのである。

その日も夜まで、玄次は深川仲町でお春と清乃のことを聞き込んだが、ふたりの所在はつきとめられなかった。

六

百目《ひゃくめ》蠟燭《ろうそく》の火が土蔵のなかを照らしていた。澱《よど》んだ大気のなかに熱気と莨《たばこ》の煙が充満していた。無数の男たちの影が周囲の漆喰《しっくい》の壁へ伸びて、揺れている。ときおり宰領の中盆の低い声がひびき、壺振《つぼふ》りが賽《さい》を振るごとに、男たちのどよめきや上ずった悲鳴のような声が起こった。

浅草元鳥越町にある馬道《うまみち》の繁蔵《しげぞう》という男の賭場だった。古い土蔵に床板を張り、なかだけ改装して賭場にしたのである。

繁蔵は、浅草寺の東側の北馬道町に若いころまで住んでいたことから、そう呼ばれるようになった、浅草一帯に顔を利かせている貸元である。

安兵衛は盆茣蓙《ぼんござ》の片隅に胡座をかいていた。小半刻（三十分）ほど賭けて、一両ほど負けていた。

安兵衛は博奕《ばくち》を打ちにきたわけではなかった。お春や清乃をさらった一味が大金を手にすれば、女か博奕であろうと思い、以前顔を出したことのある繁蔵の賭場へ来てみたのである。

ひとりではなかった。笑月斎《しょうげつさい》という男を同行していた。歳は四十半ば、肩先まで垂らした総髪で、いつも袖無し羽織を着ている。笑月斎は八卦見《はっけみ》が生業であった。ふだんは、浅草寺の境内や吉原などで商売をしているが、博奕好きで金が入ると、賭場へ顔を出す。三年ほど前、笑月斎が浅草寺の境内でならず者と喧嘩になったとき、安兵衛が間に入って助けたのが縁で知り合ったのである。

本名は野間八九郎《のまはちくろう》という。生れながらの牢人暮らしだが、子供のころ、親が何とか剣で身を立てさせたいと考え、下谷練塀《ねりべい》小路にある一刀流中西道場に通わせたが、二十歳になると剣に見切りをつけ、易経の教えを受けて八卦見になったという。

笑月斎に子供はなく、浅草三間町の裏長屋に女房とふたりだけで住んでいた。安兵衛はその長屋に行って、賭場にくわしい笑月斎を同行してきたのだ。

盆茣蓙の周囲には、十数人の男たちが座していた。商家の旦那ふうの男、職人、遊び人、牢人などさまざまである。

安兵衛は牢人と遊び人ふうの男に目をむけたが、滝江を送ったとき襲ったふたり組とはちがうようだった。

牢人はふたりいた。色の浅黒い大柄な男と痩身の目尻のつり上がった男である。安兵衛を襲った牢人は覆面をしていたので、顔ははっきりしないが、体軀はちがうようだ。遊び人ふうの男は三人いた。いずれも、六尺棒を持っていた男と顔付きがちがう。

「半方ないか、半方ないか」

中盆が声を上げた。半方の駒が足りないのである。

丁半博奕は、半と丁にかけた駒がそろわないと勝負ができない。その駒をそろえるのが、中盆の大事な役割である。

「さァ、半方、張った。半方、半方、半方……」

中盆があおるように声を張り上げる。

その声で賭場はさらに熱気を帯び、緊張がつつむ。

「ええい、半だ！」

安兵衛が声を上げ、残りの駒を前に押し出した。

「半丁、駒、そろいました」

中盆の声で、壺振りがすかさず賽子《さいころ》を振り、勝負の声とともに壺があけられる。

「四《し》、六《ろく》の丁！」

中盆の声で賭場がどよめき、張りつめていた緊張が切れていっせいに私語や笑いが起こった。賭場は、束の間の弛緩《しかん》した雰囲気につつまれる。

「やめた、やめた。今日はついていてねえ」

そう言い捨てて、安兵衛は立ち上がった。

対面にいた笑月斎も立ち上がり、安兵衛の後に跟《つ》いてきた。

土蔵の戸口のところに、ふたりの若い男が屈《かが》み込んでいた。下足番と見張りを兼ねた繁蔵の手下である。

「お早い、お帰りで」

丸顔の男が、口元に笑いを浮かべて言った。安兵衛が負けたことを知っているのである。

「今日はつきがなかっただけよ」

安兵衛は相手にせず、草履をつっかけて土蔵の外へ出た。

外は満天の星空だった。汗ばんだ肌に心地好い晩春の微風が吹いていた。四ツ（午後十時）ごろであろうか。賭場から掘割沿いの道につづく小径が、月明りにぼんやりと浮き上がったように見えていた。人影はまったくない。道沿いにつづく裏店は表戸をしめ、夜の帳《とばり》に沈んでいる。

「それで、そっちはどうした？」

小径を歩きながら、安兵衛が訊いた。

「勝ったよ、二両ほどな。わしは、おぬしの逆に張っていたのだ」

笑月斎は笑いを浮かべて言った。

「どういうことだ」

「なに、わしの占いで、今夜、おぬしは負けると出た。それで、わしは逆に賭けることにしたのだ。……わしの八卦は当たるからな」

「何を言いやがる。それが分かっていたなら、もっと大きく張ったらいいだろう。二両で勝ったことになるか」

安兵衛は吐き捨てるように言った。

「いや、いや、欲張ってはいかん。このくらいが、ちょうどよい勝ち方なのだ」

「ところで、室岡《むろおか》という牢人は、賭場にいたのか」

安兵衛が声をあらためて訊いた。

賭場へ入る前、安兵衛は笑月斎から、室岡源次郎《げんじろう》という牢人がちかごろ顔を出すようになり、十両、二十両のまとまった金を賭けている、と聞いていたのだ。

「今夜は、来てなかったな」

「室岡といっしょに来るという、永吉《えいきち》という男は?」

笑月斎は、室岡は永吉という遊び人ふうの男といっしょに来ることがあるとも話した。

それを聞いて、安兵衛は滝江を送ったとき襲ってきたふたり組ではないかと思ったのだ。室岡の体軀を訊いてみると、長身痩軀ということだったので、安兵衛を襲った牢人のそれと一致した。

「永吉も、いなかったな」

「無駄骨だったわけか」

安兵衛はがっかりし、急に賭場で負けた二両余の金が惜しくなった。用人の榎田から渡された三両の金は、もう残っていなかった。お房に泣きを入れて、すこし都合してもらわねばならない。

「長岡、一杯やっていかぬか」

笑月斎が言った。

「飲みたいが、おれのふところは空だ」

安兵衛は、いまいましそうな顔をした。

「わしにまかせろ」

笑月斎はふところをたたいた。

ふたりは千住街道へ出て鳥越橋を渡り、浅草御門ちかくの飲み屋の縄暖簾をくぐった。

大福屋《だいふくや》という縁起のいい名の店で、笑月斎は賭場へ行く前に一杯やることが多いのだという。

「店の名がいいせいか、この店に立ち寄ると不思議と博奕に勝つ」

「八卦で分かるなら、縁起をかつぐこともあるまい」

「いやいや、八卦見も己のことは分からぬ。それに、この店は安いし食い物がうまいのだ」

笑月斎はそう言って飯台に腰を下ろし、五作《ごさく》という親爺に酒肴《しゅこう》を注文した。

七

安兵衛と笑月斎は翌日も、賭場のある元鳥越町に出かけた。ただし、賭場には入らなかった。安兵衛は博奕を打つ金がなかったので、

「賭場へ入らず、見張った方がいいだろう」

と、持ちかけたのである。それに、室岡と永吉が来るのを博奕を打ちながら待つことはないのだ。

「やむをえまいな」

笑月斎は残念そうな顔をしたが同意した。笑月斎にしてみれば、室岡と永吉のことより、

博奕がしたいのである。

ふたりは暮れ六ツ（午後六時）を過ぎてから、掘割のそばの朽ちかけた板塀の陰に身を隠した。そこから、賭場になっている土蔵へつづく小径が見えるのだ。

西の空にかすかに残照があったが、上空は群青色に染まり星がまたたき始めていた。ふたりのいる板塀のちかくに長屋があり、かすかに女の甲高い声や子供の泣き声などが聞こえてきた。

「あのふたり、賭場の客だな」

笑月斎が小径の方を指差しながら言った。

商家の旦那ふうの男がふたり、急ぎ足で土蔵の方へ歩いていく。すでに辺りは闇につつまれて顔付きははっきりしなかったが、昨夜も来ていた男のような気もした。

「他の男に用はない」

室岡と永吉が安兵衛を襲ったふたりなのか、はっきりさせたかったのだ。

「気長に待つよりないな」

笑月斎はちかくにあった丸石に腰を下ろした。辺りはすっかり暗くなり、板塀の陰から出ても小径を通る者に見つかることはなさそうだった。

それから小半刻（三十分）ほどの間に、十人ほどの男が人目を忍ぶようにして賭場へむかったが、長岡と永吉は姿を見せなかった。

……瓢で、酒を持ってくればよかった。

安兵衛は手ぶらで来たのを後悔した。

安兵衛が生欠伸《あくび》をかみ殺したとき、ふいに、雪駄の音がし小径に人影があらわれた。町人体の男である。縞柄の小袖を尻っ端折りし、脛《はぎ》が夜陰に白く浮かび上がって見えた。

「永吉だよ」

笑月斎が、立ち上がって言った。

月明りに男の輪郭がぼんやりと見えたが、顔付きも体軀もはっきりしなかった。ただ、その足取りと敏捷そうな動きが、清乃を送っていったとき、背後から尾けていた男に似ているような気がした。

「あいつかもしれねえ」

確信はなかったが、安兵衛は永吉が六尺棒を持った男ではないかと思った。

「今夜は、ひとりのようだな」

「とにかく、永吉が一味のひとりかどうかはっきりさせたいが」

「賭場へ乗り込むかね」

多少の金はあるよ、と笑月斎が言い添えた。

「それはまずい」

永吉が六尺棒の男なら、安兵衛を知っているはずだ。

賭場で永吉をつかまえることはむずかしかった。大勢の客や繁蔵の手下のいるなかで、大立ちまわりをするわけにはいかないのだ。ここで、永吉に逃げられたら、二度と探し出せないかもしれない。

「ならば、出てくるまで待つしかないな。どうだ、腹ごしらえをしてこぬか。ちかくに、そば屋がある」

笑月斎は、まず、一刻（二時間）は出てこまい、と言い足した。

「そうしよう」

安兵衛はすぐに同意した。腹が減っていたのだ。

ふたりが、腰を落ち着けたのは、鳥越橋ちかくの小体なそば屋だった。笑月斎がそばの他に酒も注文もした。笑月斎も酒好きなのである。

ふたりは一刻ほどして、板塀の陰にもどってきた。遠方の土蔵から洩れる灯のなかに、戸口で動く人影が見えた。見張り役の繁蔵の手下であろう。

ときおり、土蔵から掘割沿いの通りへもどってくる男がいた。博奕に負けて早帰りするらしく、悄然と肩を落としてやってくる者が多かった。

「長岡、来たぞ。永吉だ」

笑月斎が、声を殺して言った。

雪駄の音がし、着物を尻っ端折りして露出した両脛が夜陰に白く見えている。顔も姿もはっきりしなかったが、賭場へ入るとき、見かけた男に間違いないようだ。

しだいに、男はふたりが身を隠している方に近付いてきた。

……やはり、六尺棒の男だ！

と、安兵衛は確信した。

月明りに浮かび上がった中背の姿が、六尺棒で襲った男に似ていたし、中背で顎のとがった面立ちもそっくりだった。

「尾けるぜ」

ここで、つかまえる手もあったが、下手をすると仲間にお春や清乃の命を奪われる恐れがあった。安兵衛は永吉を泳がせて、仲間の隠れ家や連れ去られた女たちの所在をつかもうと思ったのだ。

永吉を半町ほどやり過ごしてから、ふたりは板塀の陰から小径へ出た。

永吉はぶらぶらと掘割沿いの道を歩き、千住街道へ出ると、浅草御門の方に足をむけた。

四ツ（午後十時）前だった。浅草御蔵の前の街道には、ひとつふたつと提灯の灯が落ちていた。柳橋辺りの料理屋からの帰り客であろうか。夜の静寂《しじま》のなかに、足音と酔っているような濁声がかすかに聞こえてくる。

尾行は楽だった。街道沿いの家並の陰を通れば姿を隠すことができたし、月明りで前を行く永吉の姿は見ることができたのだ。

永吉は茅町に入ると、右手の路地へまがった。安兵衛と笑月斎は慌てて後を追った。ここまで来て、永吉を見失いたくなかった。

永吉は、半町ほど先を歩いていた。大川端の方へむかっていく。

「やつは、柳橋へ行くようだな」

後ろに跟いてきた笑月斎が、小声で言った。

笑月斎の言うとおり、永吉のむかう先は柳橋のようだ。夜陰に沈んだ家並の先に、かすかな明るみが見えた。柳橋の料理茶屋や料理屋の灯であろう。

永吉は、大川端の小料理屋に入っていった。店先に近付いて見ると、掛行灯に三升屋《みますや》と記してある。

「どうするな？」

路傍に立ち止まって、笑月斎が訊いた。

「店に入るわけにもいかんな」

ちいさな店だったので、なかで永吉と顔を合わせる可能性が高かった。

「それにしても、いまから飲む気かな」

笑月斎が訝しそうな顔をした。

すでに、四ツ（午後十時）を過ぎているだろう。いかに夜の遅い柳橋の小料理屋でも、これから飲むには遅すぎるはずだ。

「おい、出てきたぞ」

慌てて、安兵衛は路傍の家の軒下に身を置いた。闇溜まりに身を隠したのだ。笑月斎も、軒下に身を寄せた。

戸口の格子戸があいて姿を見せたのは、職人ふうのふたり連れだった。永吉ではなかった。酔っているのか、ふたりは千鳥足で、何やらわめきながら両国橋の方へ歩いていく。

ふたりの姿が夜陰に消えてすぐだった。また、格子戸があき、片襷《かただすき》姿の年増が姿を見せた。女将《おかみ》らしい。ほっそりした色白の女である。

年増は背伸びして戸口の掛行灯の火を消すと、きびすを返して店にもどった。そして、いっときすると、戸口から洩れていた灯も消えた。

「店仕舞いだよ」

笑月斎が小声で言った。

「永吉はどうしたのだ」

店に入ったままだった。外に出た気配はない。

「わしがみたところ、永吉は女将の情夫《いろ》だな。今夜は、ふたりでしっぽりといったところだろう。わしらも、引き上げるしかないな」

安兵衛も永吉は女将の情夫だろうと思った。

「帰ろう」

安兵衛はきびすを返した。

永吉の住処《すみか》かどうかは分からないが、三升屋が隠れ家のひとつとみていいだろう。明日、出直して、近所で聞き込んでみようと思った。ふたりで、楽しんでいるのを夜通し見張ることはないのである。

安兵衛は笑月斎といっしょに駒形町の笹川のちかくまでもどり、

「笑月斎、都合のいいときに笹川に顔を出してくれ。この礼に、馳走《ちそう》する」

そう言って、別れた。

夜は更けていた。満天の星が安兵衛をつつみ込むように輝いていた。

第三章　岡場所

一

「六尺棒のやつを、見つけたんで」

又八は驚いたように目を剝いた。

安兵衛は笹川に顔を出した又八に、昨夜、笑月斎とふたりで永吉を尾け、三升屋にしけ込んだことをかいつまんで話したのである。

「まちがいない。永吉が、おれたちを襲ったひとりだ」

安兵衛は断定するように言った。

「さすが旦那だ、それで、お春ちゃんの行方は」

又八は身を乗り出して訊いた。

「まだ、そこまでは分からん」

「旦那、すぐに永吉をひっくくりやしょう」

又八が声をつまらせて言った。

「駄目だな。永吉をつかまえても、簡単には吐かないだろう。それに、永吉がつかまったことを知れば、仲間は姿を消してしまうし、下手をすればお春の命があぶなくなるかもしれんぞ。永吉を捕らえるのは、お春の所在が知れてからだな」

「ですが、こうしてる間にもお春ちゃんが……」

又八は訴えるような目をして言った。

「焦ってもどうにもならぬ。それに、下手に騒ぐと、かえってお春の命があぶなくなるぞ」

何が原因かは知れぬが、登勢のように死体で発見された女もいるのだ。

「わ、分かりやした」

又八は神妙な顔をしてうなずいた。

「ところで、又八、何かつかんだのか」

安兵衛が訊いた。又八は、ぼてふりをしながらお春の行方を探していたのだ。

「それが、旦那、何にも出てこねえんで」

又八は、急に肩を落として言った。

浅草寺周辺から、本所、下谷あたりまで足を延ばしたが、お春の所在はむろんのこと、それらしい娘が連れて来られたというような話も聞けなかったという。

「お春ちゃんらしい娘を見たやつは、ひとりもいねえんで」

「簡単に探し出せたら、御用聞きはいらないよ。それで、ぼてふりの仕事は終えたのか」

すでに、八ツ（午後二時）ごろだった。日本橋の魚河岸で仕入れた魚を売り終えてから笹川へ顔を出したのだろう、と安兵衛は思った。

「へい、今日の商いは終りやした」

「それなら、おれといっしょに来るか」

「どこへ行きやす？」

「柳橋だよ。永吉の身辺を洗うんだ」

安兵衛は、三升屋の近所で聞き込み、まず女将と永吉の関係をはっきりさせようと思った。そして、永吉が店にいれば尾行してもいいし、仲間らしき男が出入りしていれば正体をつきとめて身辺を洗い、お春の行き先を割り出す手もあった。

「へい、お供いたしやす」

又八はどんぐり眼を丸く剝いて、勢いよく立ち上がった。

「待て、その前に用意する物がある」

安兵衛は帳場にいたお房に声をかけて、いつもの瓢に酒を入れてもらった。

「旦那、また、酒ですかい」

又八は眉を寄せた。

「張り込みにはな、これが、必要だと分かったんだよ」

そう言うと、安兵衛は瓢を肩にかけて格子戸をあけた。

外は晩春の暖かい陽射しが満ちていた。駒形堂ちかくの通りは、参詣客や遊山客で賑わっていた。

安兵衛と又八が笹川を出て桟橋のそばを通ると、猪牙舟のそばにいた梅吉が駆け寄ってきた。

「だ、旦那、まだ、お春は帰ってこねえんで」

梅吉は震えを帯びた声で言った。ひどく憔悴《しょうすい》した顔をしていた。お春のことが心配でならないのだろう。

「うむ……」

なんとも言いようがなかった。まだ、お春の所在も分かっていないのだ。

「嬶《かかあ》のやつ、心配で寝込んじまって……」

「梅吉、気をしっかり持つんだな。お春はかならず帰ってくる。江戸市中にいることは間違いないんだ」

安兵衛が励ますように言うと、脇にいた又八が、

「とっつァん、いまもな、おれと旦那で、お春ちゃんを探しに行くところよ。当てずっぽうに聞きまわるんじゃァねえんだぜ。でけえ声じゃァ言えねえがな、お春ちゃんを連れていった片棒らしきやつを、見つけたのよ」

と、自分が探り出したような口振りで言った。

「ほんとうけえ」

梅吉が聞き返した。

「ほんとうだとも。そのうちな、おれと旦那で、きっとお春ちゃんを助け出すから大船に乗ったつもりで待っててくんな」

そう言って、又八は胸を張った。

「又八、行くぞ」

安兵衛は又八の襟首をつかんで引っ張った。まだ、永吉のことを話すのは早かった。相手の耳に入れば、たちどころに姿を消してしまうだろう。

安兵衛と又八は、千住街道へ出て両国方面にむかった。千住街道も賑わっていた。浅草

寺の参詣客や旅人、それに浅草御蔵がちかいせいもあって、屋号の入った印半纏を着た奉公人や船頭などの姿も目についた。

ふたりは浅草御門の手前を左手に入り、柳橋にむかった。

「又八、あの店だよ」

安兵衛は大川端にある三升屋を指差した。

二

三升屋は、まだあいてなかった。格子戸はしまったままで、暖簾も出ていない。すぐ裏手が大川で、晩春の陽の反照がまばゆかった。ひかりに満ちた川面を、猪牙舟や箱船などが盛んに行き交っている。

安兵衛と又八は路傍に立ってしばらく店の様子を見ていたが、格子戸はしまったままである。

「旦那、ちょいと、あっしが様子をみてきやすよ」

そう言い残して、又八が三升屋の店先に近付いた。

又八は三升屋に来た客を装って戸口に立ち、格子戸をあける仕草をしたり、脇へまわって裏手の方を覗いたりしていたが、いっとき経つと安兵衛の許へもどってきた。

「なかにだれかいるらしく、声が聞こえやした」

なかで女の声がしたが、何をしゃべっているかは聞き取れなかった、と又八は言い足した。

「もうしばらく、待ってみるか」

そう言って、安兵衛は通りの左右に目をやった。すこし離れた斜向《はすむ》かいにそば屋があり、その先に稲荷があった。樫《かし》の大樹が祠《ほこら》をかこむように枝葉を茂らせている。その樫の樹陰なら、通行人の目に触れることなく、三升屋を見張れそうだった。

「あそこで見張るか」

「へい」

ふたりは稲荷に行き、祠の前の石段に腰を下ろした。

「まず、一杯やろう」

安兵衛は、さっそく持参した瓢を手にした。

「旦那、見張らなくてもいいんですかい」

又八は不満そうな顔をして立ち上がり、樫の葉叢《はむら》の間から通りを覗いている。

「ふたりで、見張ることはあるまい。だれか出てきたら、おれに知らせろ」

そう言って、安兵衛はうまそうに杯をかたむけた。

「旦那ときたら、まったく極楽とんぼなんだから……」

又八は不平を並べながらも、三升屋の店先を見張っている。

やがて陽が沈み、樫の樹陰に夕闇が忍び寄ってきた。まだ、三升屋は店をしめたままである。だれか、出ていった様子もなかった。

「今日は、店をとじたままかな」

そう言って、安兵衛がふらりと立ち上がった。いくらなんでも遅すぎる気がしたのだ。

安兵衛が瓢を肩にかけ祠の前から通りへ出ようとすると、又八が慌てて跟《っ》いてきた。

「旦那、どこへ？」

「又八、腹がへらぬか」

「そりゃァもう、あっしの腹は、旦那の瓢簞みてえにへこんでいやす」

「そばを食おう」

稲荷のすぐ脇にそば屋があった。

「へい、お供いたしやす」

又八は威勢のいい声を上げた。

そば屋は、土間の先が追い込みの座敷になっていて、数人の客がいた。そばをたぐったり、酒を飲んだりしている。

安兵衛と又八が上がり框のそばに腰を下ろすと、すぐに片襷《かただすき》をした小女が注文を聞きにきた。

「そばと酒を頼む」

安兵衛がそう言うと、又八は、

「旦那、まだ飲むんですかい」

と、あきれたような顔をした。

「酒は、おまえのために頼んだのだ。……ところで、娘さん、この店には長いのかい」

安兵衛は小女を見上げて訊いた。歳のころは十七、八。頰がふっくらし、小鼻の張った娘だった。器量がいいとはいえないが、人はよさそうである。

「三年ほどですけど」

娘は不安そうな顔をした。安兵衛が何を訊きたいのか、分からなかったからであろう。

「斜向かいに、三升屋という小料理屋があるだろう」

「ええ……」

「店がしまったままだが、何かあったのかな。なに、女将に言伝があってな」

安兵衛は急に声を落とし、言葉をつまらせた。無精髭の生えた馬面が、いくぶん紅潮して赭黒《あかぐろ》く染まっている。

「言伝……。お客さん、三升屋さんの」

娘は慌てて語尾を呑み、ふっくらした頰を紅潮させた。安兵衛を見つめた目に好奇の色がある。どうやら、安兵衛と女将の仲を勘ぐったようだ。

「いや、ただの客だが、店がしまったままなので気になったのだ」

安兵衛は、勝手に想像させておこうと思った。その方が訊きやすいのだ。

「いつもですよ、三升屋さん、あれで、よく商売がやってられると近所で噂してるんですよ」

娘によると、三升屋は店をあけない日が多く、ときには三日も四日もしまったままのときがあるそうである。

「あの店は長いのか」

「いえ、まだ、半年ほどですよ」

お峰という女将と旦那ふうの男が、つぶれた店を家主から安く借り、小料理屋を始めたのだという。

「その旦那は、永吉という男ではないのか」

安兵衛が訊いた。

「さァ、あたし、名は知りませんけど」

そう言って、娘が首をひねったとき、お政《まさ》、早くしねえか、と板場から、親爺が顔を出して苛立《いらだ》ったような声をかけた。娘の名は、お政というらしい。親爺はいつまでも客と話し込んでいるお政に業を煮やしたらしい。

「はい、すぐ行きます」

と声を上げ、お政は慌てて板場へもどった。

それから、安兵衛はお政がそばと酒を運んできたとき、三升屋に牢人や遊び人ふうの男は来ないか訊いたが、お政はまともな返事もせずに、そそくさと安兵衛のそばを離れてしまった。親爺に叱られたのであろう。

安兵衛と又八は、そば屋を出ると、もう一度三升屋の前まで行ってみたが、やはり格子戸はしまったままだった。ただ、なかに人はいるらしく、引戸の隙間からかすかに灯が洩れていた。

安兵衛は足音を忍ばせて格子戸に近付き、耳を澄ませた。かすかに物音がした。障子をあける音のようだ。つづいて、今夜は帰っていいよ、という女の声がした。そして、それじゃァ、女将さん、帰らせてもらいます、というすこし間延びした女の声が聞こえた。

……だれか来る！

格子戸の方に近付いてくる下駄の音がした。

安兵衛は慌てて、店の脇の暗がりに身を隠した。又八は脇に屈んで息を殺している。

すぐに、格子戸があいて、女がひとり姿をあらわした。四十がらみと思われるでっぷり太った女だった。客とは思えない。三升屋に勤めている女中ではないかと思った。

女は下駄を鳴らして、大川端の方へ足早に去っていく。

その女の姿が夜陰に消えると、また安兵衛は格子戸のそばに身を寄せた。かすかに衣擦れの音がしたが、人声は聞こえなかった。すぐに、物音も聞こえなくなり、家のなかはひっそりとして人のいる気配すら感じられなかった。

いま、家のなかにいるのは女将ひとりではないか、と安兵衛は思った。永吉は今朝のうちに三升屋を出てしまったのかもしれない。

……明日、出なおそう。

安兵衛は、もうすこし女将の周辺を洗ってみようと思った。

三

翌日も午後になって、安兵衛は又八を連れて柳橋に足を運んだ。今日も、三升屋はしまっていた。ふたりは、店の前を通り過ぎ、三升屋の裏手を覗いてみた。大川の岸辺がすぐ近くである。

店の裏手がすこし空地になっていて小道があり、その先の川岸にちいさな桟橋があった。猪牙舟が一艘だけ舫い杭につないであり、川波に揺れていた。

安兵衛は、この桟橋へ舟で乗り着ければ、さらった女たちを三升屋へ連れて行くのは容易だろうと思った。ただ、三升屋は小体な平屋造りの店だった。板場と客を入れる座敷をひとつ取ると、後は女将の使う寝間がとれるかどうかの狭い家である。この家に小料理屋をしながらお春や清乃を監禁しておくのは無理だろうと思われた。

「ともかく、近所で話を聞いてみるか」

川端の通りに目をやると、半町ほど先に紅屋《べにや》があった。柳橋らしい小綺麗な店である。紅屋は、紅、白粉《おしろい》、髪油などを売る店で、店先に紅を塗った貝殻や焼物の小皿が並べてあった。なお、紅は紅花を練り固めた物で、貝殻や小皿に塗り付けて売っている。

「ごめんよ」

安兵衛は店に入って声をかけた。

「何か、ご用でございましょうか」

店先に若い男が出てきた。奉公人らしい色白の痩《や》せた男である。

「紅をもらおうか」

安兵衛は金を都合してくれたお房の機嫌をとるためにも、紅のひとつも買ってやろうと思ったのである。

「紅でございますか」

若い男は、訝しそうな顔をした。

無理もない。瓢を肩にかけ、大刀を一本落とし差しにしたうさん臭そうな牢人体の男と若い町人が入ってきて、紅をくれというのだ。

「年増で色白、美形で、色っぽい料理屋の女将が喜びそうなのを選んでくれ」

安兵衛が褒め言葉を並べたてると、脇にいた又八が口を手で押さえて、ヒッと奇妙な声を洩らした。笑い声を飲み込んだらしい。

「これなど、どうでございますか」

若い男は、並べてあった貝殻の紅を取り上げた。

「それでいい」

色白のお房に似合いそうな鮮やかな真紅である。

「一朱でございます」

安兵衛は紅の値段など分からなかったので、言われたとおり、財布から一朱銀を取り出した。

「ところで、ちと、聞きたいことがあるのだがな」

「何でございます」

　男は貝殻の紅を紙袋に入れながら訊いた。

「三升屋の女将だが、亭主はいるのかい」

「お峰さんですか」

男は、口元に笑いを浮かべた。あるいは、安兵衛が紅を渡す相手をお峰と勘ぐったのかもしれない。

「ご亭主かどうか知りませんけど、いい男《ひと》はいるという噂ですよ」

「永吉という男ではないのか」

安兵衛は永吉の名を出して訊いた。

「お客さん、よくご存じで」

男は驚いたような顔をした。

「なに、三升屋で飲んでいたら、永吉という男がやけに馴々しいので、見当をつけたわけだよ」

安兵衛は適当に言いつくろった。やはり、永吉である。

「そうですか」

男は袋に入った紅を安兵衛に手渡した。

「ちかごろ、若い娘が三升屋にいるって話を聞いたんだがな。店には出てねえようだし、何か話を聞いてないか」

三升屋のすぐ裏手が大川端で桟橋がある。清乃やお春は、浅草付近から大川を舟で運ばれたとみていい。いったん、三升屋に連れてこられた可能性はあるだろう。

「そう言えば、三升屋のちかくで、若い娘が無理やり男に連れていかれるのを見たという者がいますがね」

そう言うと、男は奥にもどりたいような素振りを見せた。安兵衛の問いが町方の聞き込みのようだったので、不審をもったようだ。

「そいつはだれだい」

「確か、松造《まつぞう》さんとか」

男は、黒崎屋という船宿の船頭だと言い添えた。

「黒崎屋はどこにある」

「この道を一町ほど行った先ですよ」

男は両国方面を指差した。

「今度は、白粉を買いにくるからな」

そう言い置いて、安兵衛は又八を連れて通りへ出た。

黒崎屋はすぐに分かった。紅屋の前の道を一町ほど両国橋の方に歩いた先にあった。大きな船宿で、裏手に猪牙舟を何艘も舫った桟橋があった。そこにいた船頭のひとりに、松造のことを訊くと、

「あそこで、茣蓙《ござ》を敷いている男だよ」

と、舫ってある舟を指差した。

見ると、初老の男が舟の底に茣蓙を敷いていた。客を乗せる準備をしているようである。

「松造というのは、おまえか」

近寄って、安兵衛が訊いた。

「へい、それで、お侍さまは」

腰を上げて、松造は不安そうな顔をむけた。浅黒い肌の目のちいさな男だった。

「おれか。おれは、駒形町の笹川に所縁のある者でな。行方が知れなくなった娘のことで、話を聞きにきたのだ。おまえが、三升屋のちかくで娘が無理やり連れていかれるのを見たと耳にしたのでな」

安兵衛は、かいつまんでお春の歳や容貌などを話した。

「その娘かどうかは、分からねえ。なにせ、暗がりだったもんで」

松造は戸惑うような顔をして、ちいさく首を横に振った。

「娘を連れていったのは、何人だ」

「ふたりでした」

「ひとりは、武士ではないか」

安兵衛は、六尺棒の男と牢人だろうと思った。

「人影が見えただけではっきりしねえが、ひとりはお侍だったかもしれねえ」

松造は自信なさそうに言った。

その夜、松造は両国橋を渡った先の本所相生町に嫁いだ娘の家へ行った帰り、船宿のちかくまで来たとき、三升屋の裏手ちかくにある桟橋から大川端の道へ石段を上がってくる三つの人影を見たという。

いっしょに行くのを嫌がっているような娘の声が聞こえたので気になったが、人影はすぐに家の陰へ消えてしまったので、そのままにしてしまったそうである。

「行き先は分からないのだな」

「へえ、あっしも、すこし酔ってたもので」

松造は娘の嫁ぎ先で酒を馳走してもらったことを言い添えた。

それから、安兵衛は連れていかれた娘の容貌や身装《みなり》などを訊いてみたが、町娘らしいというだけでその他のことは分からなかった。

「邪魔をしたな」

安兵衛は又八を連れて、桟橋を離れた。

四

「極楽の旦那、どうしやす」

桟橋から大川端の通りへ出たところで、又八が訊いた。

「せっかくだ、近所でもうすこし聞き込んでみよう」

「へい」

「ふたりで歩くより、別々の方がいいだろう」

安兵衛は、暮れ六ツ（午後六時）の鐘を聞いたら紅屋の前にもどることを又八と約して別れた。

すでに陽は西にかたむき、家並の影が通りをおおっていた。暮れ六ツまで、一刻（二時間）もないだろう。

安兵衛は三升屋ちかくの酒屋と舂米屋《つきごめや》に立ち寄って三升屋のことを聞いてみた。たいしたことは分からなかったが、いくらか店の様子が知れた。

三升屋にはお峰の他に、板場に茂太《しげた》という二十代半ばで長身痩軀の住込みの男と、お品《しな》という通いの女中がいるだけだという。お品は四十がらみで、太っているという。五ツ（午後八時）を過ぎると帰ることが多いとのことなので、昨夜店から出ていった女であろうと思った。

暮れ六ツの鐘の音を聞いてから紅屋の前にもどると、又八が店の角に立っていた。

ふたりは千住街道にむかう道すがら、お互いに聞き込んだことを話した。又八も、いくつかの表店で聞き込んだらしいが、お春の行方をたぐる糸口になるような話は聞けなかったようである。

道筋は暮色につつまれていた。表店は引戸をしめ、通りはひっそりとして人影はなかった。ときおり、仕事を終えた出職の職人や飲み屋にでもくりだすらしい若者が、通りかかるだけだった。

……あの男、おれたちを尾けているのか。

安兵衛は紅屋の前を離れたときから、背後に牢人体の男がいるのに気付いていた。浅黒い顔の大柄な男である。ずっと同じ間隔を保って歩いてくるのだ。

無精髭が伸び、着古した小袖とよれよれの袴。黒鞘の大刀を一本、落とし差しにしていた。安兵衛を襲った牢人ではない。一目で食いつめ牢人と分かる風体である。安兵衛はどこかで見たような気がしたが、すぐに思い出せなかった。

「旦那、前から人相のよくねえ牢人が来やすぜ」

又八が小声で言った。

前から来るのは、ふたりだった。ひとりは瘦身、もうひとりは小太り、いずれも目付きの鋭い悪相の主で、身辺に無頼牢人らしい荒廃した雰囲気をただよわせている。

……賭場にいた牢人たちだ！

安兵衛は、瘦身の牢人の狐のような顔を見たとき、思い出した。後ろから来る大柄な男と瘦身の男は、繁蔵の賭場にいたふたりである。

……三人で、おれたちを挟み撃ちにする気だ。

と、安兵衛は察知した。

三人の牢人の目が殺気立っていた。しかも、背後の牢人は左手を鍔元《つばもと》に添えて抜刀の気配を見せている。

「又八、こいつを持っていてくれ」

安兵衛は、肩にした瓢を又八に手渡した。

「だ、旦那、逃げやしょう」

又八は声を震わせて言った。三人が狙っていることに気付いたようだ。

「逃げられんな」

右手が板塀、左手は笹藪《ささやぶ》だが、その先は長屋になっている。三人の男は、逃げられない場を選んで仕掛けてきたのだ。

「あ、相手は、三人ですぜ」

又八は身震いしながら言った。

「おまえは手を出すな。板塀に張り付いていろ。いいな」

安兵衛が強い口調で言った。下手に手を出されると、かえって戦いづらいのである。

「へ、へい……」

又八は、尻を後ろに突き出すような格好で後じさり、右手の板塀にへばり付くように身を寄せた。

安兵衛は又八を後ろにして、牢人たちが近付くのを待った。

三人の牢人は、安兵衛に近付くと取りかこむように立った。いずれも、野犬のような血走った目をしている。

「うぬら、だれに頼まれた」

安兵衛が質《ただ》した。金を奪うつもりで、安兵衛たちを襲うはずはなかった。三人に恨まれる覚えもない。となると、だれかに斬殺を金で依頼されたとしか考えられなかった。

「問答無用！」

安兵衛の正面に立った大柄な男が胴間声で言った。濃い眉、分厚い唇、血走った目。凶悪な人相の男である。

右手に小太りの男、左手に痩身の狐のような顔をした男が立った。ふたりとも底びかりのする目で、安兵衛を睨んでいる。

「やれ！」

と言いざま、大柄な男が抜刀した。つづいて、左右のふたりも刀を抜いた。

大柄な男と右手の男が青眼、左手の男が八相に構えた。いずれも隙の多い構えだが、怯《おび》えの色はなかった。こうした集団での斬り合いに慣れているようである。

「斬りたかァねえが、おれも死にたくねえんでな」

安兵衛は伝法な物言いをした。喧嘩や斬り合いになると、悪ずれした言葉が出るのだ。

すぐに、安兵衛は抜刀し、柄を握った手に、フーと息を吹きかけた。おっとりした安兵衛の顔がひきしまり、双眸《そうぼう》が射るように鋭くひかっている。剣客らしい凄《すご》みのある顔に豹《ひょう》変《へん》していた。

「きやがれ！」

安兵衛は右手だけで刀を持ち、刀身をだらりと下げて、つかつかと大柄な男との間合をつめていった。

構えも、気合もない。だが、豪胆さと気魄《きはく》で大柄な男を圧倒した。これが集団を相手にしたときの安兵衛の戦法だった。構えも牽制《けんせい》もない唐突な仕掛けで相手を動揺させ、ひとりだけと斬り合うように機敏に動くのである。

五

「斬り込め！」

叫びながら、大柄な男が青眼から安兵衛の正面に斬り込んできた。だが、腰が引け、斬撃に鋭さがない。

踏み込みながら、安兵衛が下から鋭く刀身を払った。鋭い金属音とともに大柄な男の刀身が撥ね上がり、体勢が泳いだ。

「もらった！」

安兵衛は間髪を入れず、大柄な男の手元に斬り込んだ。

骨肉を断つ手応えがあり、大柄な男の右腕が皮だけ残して垂れ下がった。ギャッ、という絶叫とともに切断された腕から筧《かけい》の水のように血が流れ出た。

男は、凄まじい形相で右腕を押さえて後じさり、笹藪のそばまで行って尻餅をついた。そのまま、右腕を左手で押さえるようにしてしゃがみ込んでいる。見る見る胸から下が真っ赤な血に染まっていく。

安兵衛の動きは、それでとまらなかった。素早い動きで反転すると、八相から袈裟に斬り込んできた左手の男の斬撃をかわしざま胴を払った。

間一髪である。左手の男の切っ先が安兵衛の着物の肩先を裂き、安兵衛の切っ先が左手の男の腹を浅く裂いた。

一合したふたりは交差し、反転して構え合ったが、左手の男の顔が驚愕と恐怖にゆがみ、切っ先が激しく震えだした。安兵衛の腕がこれほどとは思わなかったのだろう。

右手の男の刀身も、恐怖で笑うように震えていた。すでに、戦意を失っているようである。

「まだ、くるか！」

安兵衛が威嚇するように声を上げると、左右にいたふたりの男は後じさりし、反転して駆けだした。

「おととぃきゃあがれ！」

逃げるふたりの牢人の背に罵声《ばせい》を浴びせながら、又八が近寄ってきた。

「又八、瓢をかせ」

そう言って、安兵衛は瓢を手にすると、栓を抜き口をつけてゴクゴクと喉を鳴らして飲んだ。激しい動きで喉が渇いたのである。

安兵衛はフーと一息ついて瓢を又八に渡すと、血刀をひっ提げたまま路傍でうずくまっている大柄な牢人のそばに近寄った。

牢人は切断された右腕を左手でかかえて獣の咆哮《ほうこう》のような呻き声を上げていた。顔が土気色を帯びている。流れ出た血で、胸から下がどす黒く染まっていた。

「又八、手ぬぐいを持ってるか」

安兵衛は、牢人をこのままにしたら出血で死ぬとみた。

「へ、へい」

又八が手ぬぐいをふところから取り出した。

「おい、死にたくなかったらこっちに、腕を出せ。縛って出血をとめるんだ」

そう言うと、安兵衛は牢人のぶら下がった右腕の切断口を合わせ、手ぬぐいで幾重にも強く巻きつけた。

右手を付けようというのではない。出血をとめようとしたのである。そのため、上腕部を特に強く巻いて縛った。

「うぬの名は」

手ぬぐいで縛り終えてから、安兵衛が誰何《すいか》した。

「こ、小出半太夫《こいではんだゆう》だ」

小出は戸惑うように顔をゆがめ、声を震わせて言った。さっきまでの憎しみの色が消えていた。安兵衛が手当てしたからであろう。

「だれに頼まれて、おれたちを狙った」

「え、永吉という男だ。おぬしの首を十両で、引き受けた。こ、このところ、賭場で負けがこんでいたのだ」

小出は苦しそうに言った。

今日の午後、元鳥越町の一膳めし屋で、他の牢人ふたりとめしを食っているところに、賭場で顔見知りだった永吉があらわれ、十両で安兵衛の斬殺を依頼したという。

「やはり、永吉か」

永吉は安兵衛が三升屋の周辺で嗅ぎまわっているのに気付いたのだ。それで、始末するために賭場で知り合った小出たちに頼んだのだろう。

……それにしても、早い！

と、安兵衛は思った。安兵衛たちが三升屋の周辺で聞き込んでいるのを知ったのも早いし、始末するための手を打ったのも早かった。

おそらく、斬殺が失敗したことを知れば、永吉はお峰ともども三升屋から姿を消してしまうだろう。そうなると、一味をたぐる手がかりは断ち切られてしまう。

お春を助け出すのは容易でないぞ、と安兵衛は思った。

それから、安兵衛は小出に永吉や室岡源次郎のことを訊いたが、賭場で知り合ったというだけで、生業も住居も知らなかった。永吉は斬殺が失敗しても、自分や室岡をたぐられない者たちを選んだようである。

「行け、血がとまれば助かる」

安兵衛がそう言うと、小出は無言で立ち上がった。

辺りは夜陰につつまれていた。小出は右腕を左手でかかえながら、ふらふらと大川端の方へ歩いていく。その姿が闇に消えるのを見て、安兵衛は千住街道の方へ足早に歩きだした。

「極楽の旦那、待ってくだせえ」

又八が後を追ってきた。

六

安兵衛の推察どおりだった。永吉は三升屋に二度と姿をあらわさなかった。永吉だけではない。三升屋から、お峰も茂太も姿を消してしまったのである。となると、お峰と茂太も永吉の仲間とみてよさそうだ。

ただ、女中のお品は茅町の長屋に住んでいると聞き、安兵衛は又八を連れてお品を訪ねたが、役に立つような話は何も聞けなかった。

お品は愚鈍な女で、客の酌はせず主に酒肴の運搬や洗い物など下働きのようなことをしていたようだ。永吉がお峰の情夫であることは気づいていたが、どこに住んで何をしているかも知らなかった。それに、お春や清乃などが、三升屋に連れて来られたかどうかも分からなかった。

お品は五ツ（午後八時）過ぎれば、帰っていいことになっていたので、その後にさらった女たちを連れ込んだのであろう。そば屋のお政の話だと、三升屋は三日も四日も店をしめたままのときがあったという。おそらく、女たちを店に連れ込んだ後、さらに目的の場所へ移すまでの間、店をしめたにちがいない。

小出たちとやり合った三日後、安兵衛が布団部屋でお房の肩を揉んでやっていると、

「旦那、又八さんが来てやすぜ」

と、廊下から峰造が声をかけた。安兵衛とお房のふたりだけでいる部屋を覗かぬよう気を遣ったようである。

安兵衛はお房から金を都合してもらった後など、肩や腰を揉んでやることがあった。居候として、いろいろ気を遣っているのである。

「お房、これまでだな」

安兵衛が身を離すと、

「又八さんたら、いつもいいところで顔を出すんだから。でも、旦那のお蔭ですっきりしましたよ」

お房は首を左右に倒しながら、目を細めた。

安兵衛が階下へ下りて行くと、黒の腹掛けに向こう鉢巻姿の又八が上がり框に腰を下ろしていた。足元に空の盤台が置いてある。魚を売り歩いた帰りらしい。

「どうした？」

安兵衛は、追い込みの座敷にどかりと腰を下ろして訊いた。

「旦那、またひとり、女がいなくなりやしたぜ」

「浅草の店か」

「それが、柳橋で」

又八が話したことによると、いなくなったのは八橋屋《やはしや》という料理屋に通いで勤めていた十七になるお澄《すみ》という娘だという。料理屋の女中だが器量よしで知られ、八橋屋はお澄のお蔭で繁盛していたそうである。

「やったのは永吉たちだな」

三升屋から姿を消した永吉たちが、また動き出したのだろう、と安兵衛は思った。

おはまにつづいて、柳橋から二人目である。これで、人さらい一味が浅草だけを狙っているのではないことがはっきりした。

「それが、駆け落ちじゃァねえかという噂もありやしてね」

夕暮れどき、お澄らしい女が若い男と舟で、大川を下るのを見かけた船頭がいるという。

お澄の親が八橋屋に借金があり、その返済のためお澄は八橋屋で働いていた。ところが、好きな男ができて料理屋で酔客の相手をするのが嫌になり、手に手を取り合って逃げたのではないかと噂する者がいるそうなのだ。

「船膳のおはまと、そっくりだな」

おはまもその後の調べで、親の借金のため働いていたことが分かった。柳原通りで突然姿を消したのだが、男と逃げたのではないかとみられていた。

「それにしても、その後の消息が知れないのは妙だな」

男と駆け落ちすれば、その後の噂が入ってくるはずである。よほどの援助者がいなければ市中に潜伏して暮らすのはむずかしいし、江戸から逃亡したくとも路銀や関所手形も持たずに旅に出るのは無理である。

それもひとりやふたりではないのだ。お仙、登勢、清乃、おはま、お春、それに、お澄となると、都合六人である。死んだ登勢を除いた五人は、いずれもその後の消息が知れないのだ。あるいは、表に出ないが他にも同じように行き方知れずになった若い女がいるかもしれない。

「玄次が何かつかんでくると思うが……」

その後、玄次から何の知らせもなかったが、お春の探索をつづけているはずである。

「お春ちゃんは、どこで何をしてるのか」

又八が心配そうな顔をしてつぶやいた。

「江戸市中にいることは、まちがいないと思うがな」

「それで、あっしらはどうしますかい？」

又八が気を取り直したように顔を上げて訊いた。

「そうだな、おまえは柳橋界隈の包丁人から茂太のことを聞き込んだらどうだ。案外、塒《ねぐら》がつかめるかもしれねえぞ」

永吉とお峰はむずかしいが、茂太は板場にいたはずである。界隈の包丁人に当たれば、茂太のことを知っている者がいそうだ。それに、魚を売り歩いている又八なら、板場に顔を出して訊きやすいだろう。

「で、旦那は？」

又八が安兵衛の方に顔をむけて訊いた。

「おれか、おれはしばらく舟をあたってみる」

安兵衛は、舟が気になっていた。お春や清乃たちを連れ去ったのは舟である。しかも、お澄らしい女が若い男と舟に乗っていたのを目撃した者もいる。

それに、安兵衛は連れ去られた女たちは、どこかの遊廓に売られたのではないかと思っていた。もしそうなら遊廓のちかくまで、女たちを舟で運んだはずである。江戸市中を拉致した女を連れ歩くのはむずかしいからだ。それで、舟や船頭を洗えば、一味につながる何かが出てくるような気がしたのだ。

「それじゃァ、あっしはこれで」

又八は空の盤台を担ぐと、戸口から飛び出していった。

七

その日、安兵衛は昼食後、いつもの瓢に酒を入れてもらい、着流しで朱鞘の大刀を一本差して笹川の裏手の桟橋へ足をむけた。

「梅吉、舟を出してもらえるか」

安兵衛は桟橋の端で客用の莨盆の掃除をしていた梅吉に声をかけた。

「へい、すぐに」

梅吉は手にした莨盆を舟に乗せると、すぐに艫《とも》に立って竿をにぎった。

何も言わなかったが、梅吉は痛々しいほど憔悴していた。痩せて頬骨が突き出し、目のまわりが隈になっている。いかにお春の身を案じているか、その顔を見れば一目瞭然である。

「どこへ行きやす」

梅吉が訊いた。

「まず、柳橋だ。三升屋という小料理屋の裏手に桟橋がある。そこへ着けてくれ」

「承知しやした」

梅吉は竿を巧みに使って大川の流れのなかに舟を押し出すと、後は櫓《ろ》をにぎって舟をあやつった。梅吉は船頭として年季が入っている。歳はとっていたが、舟をあやつる腕は確かである。

「梅吉、お春は死んじゃァいねえ。どこか、この大川の近くにいると、みてるんだ。きっと、おれが見つけだしてやるぜ」

安兵衛は船梁《ふなばり》に腰を下ろして、両岸に目をやりながら言った。

「へえ……。旦那方が、こんなにお春のことを心配してくれて。ありがてえこんで」

梅吉は顔を伏せて涙声で言った。

舟はすぐに、三升屋の裏手の桟橋に着いた。古い桟橋である。一艘も舟は繋がれてなかった。

「梅吉、この桟橋はだれのものか分かるか」

「いまは、だれも使ってねえと思いやすが。……昔、このちかくに船宿の黒崎屋がありましてね。いまは、すこし下流に大きな店を造りなおして、その裏に桟橋も造りやしたが」

梅吉によると、ちかくに用のある者が勝手に使っているだけだという。

「そうか、黒崎屋の桟橋だったのか」

安兵衛は黒崎屋の船頭から話を聞いたとき、店の裏手の桟橋を見ていた。そこはここよりかなり大きく、猪牙舟が何艘も舫ってあった。

……人さらい一味は、この桟橋を使って行き来し、三升屋を一時の隠れ家に使ったにちがいない。

と、安兵衛は思った。

それにしても、不覚だった。永吉に気付かれなければ、三升屋をひそかに見張って一味の隠れ家やお春の行方をつかむことができたかもしれないのだ。迂闊《うかつ》に付近で聞き込んだために気付かれて、逃げられてしまった。

「舟を出してくれ」

安兵衛は梅吉に頼んだ。これ以上、桟橋にとどまっている必要はなかったのである。

「どこへ行きやす」

「深川へまわしてくれ」

「深川のどこへ着けやす」

梅吉は竿で舟を川のなかほどへ押し出しながら訊いた。

「大島町あたりから、八幡宮の前に行ってもらうか」

深川の陸地沿いに大川の河口をまわり、掘割を通って富岡八幡宮の門前ちかくまで行けるのである。途中、岡場所で知られた深川七場所のうち、石場《いしば》、門前仲町、土橋《どばし》などの近くを通る。

安兵衛は連れ去った女たちを遊廓に売るとすれば、深川七場所のどこかではないかとみていた。特に当てがあったわけではないが、岡場所に通じる大川や掘割をたどってみようと思ったのである。

舟は永代橋をくぐると水押しを左手にむけ、深川熊井町の岸寄りを通って、掘割に入った。左右にごてごてと町屋が並び、料理屋や女郎屋らしい家が目立つようになった。この辺りが岡場所として知られた石場である。

まだ、陽は南天ちかくにあったので、通りの人影はすくなかった。ぼてふりや船頭らしい印半纏を着た男などが目につく。

石場を過ぎると、掘割の右手に門前仲町がひろがった。ここは大きな子供屋や女郎屋が多く、紅殻格子の二階建ての店が目につき、通りも賑やかで参詣客や遊山客などが行き交っていた。

門前仲町の家並を左手に見ながら舟はすすみ、掘割にかかる蓬萊橋《ほうらいばし》をくぐると、左手の奥に富岡八幡宮の門前の鳥居と社殿が見えてきた。

「着けやすぜ」

梅吉は船縁を岸へ寄せて舟をとめた。

左手の正面が八幡宮の正面だった。大変な人出で、大勢の参詣客が盛んに行き交っている。

「舟を出してくれ」

八幡宮を見ていても仕方がなかった。

「どこへ行きやす」

「仙台堀へ出て、大川へもどってくれ」

「承知しやした」

梅吉はすぐに舟を出した。

八幡宮の門前を過ぎるとすぐに門前東町で、ここは土橋と呼ばれ、遊廓の多い地である。舟は門前東町を過ぎ、入舟町を左手にまがって仙台堀へ出た。そのまま西にむかえば、大川である。

「舟を使えば、品川あたりまで行けるな」

舟が大川へ出たところで、安兵衛が言った。品川は東海道の宿場だが、岡場所でも知られた地だった。舟で大川の河口から江戸湊《みなと》へ出れば、そのまま品川宿へ乗り付けることもできるだろう。

「へい、江戸中、たいがいなところへ舟で行けまさァ」

櫓を漕ぎながら、梅吉が言った。

江戸市中には河川や掘割が張り巡らされていて、舟でどこへでもいける。江戸は舟運の町ともいえるのだ。

……やはり、女たちは舟で岡場所に運ばれたのではないか。

と、安兵衛は思った。

八

そのころ、玄次は土橋の尾崎屋《おざきや》という子供屋を見張っていた。玄次は尾崎屋の周辺で聞き込み、ちかごろ垢抜けした若い娘がふたり高額で売られてきたという噂を耳にしたのである。

尾崎屋は土橋でも名の知れた子供屋だった。門前仲町の鶴屋や錦楼と肩を並べる大きな店である。

三味線の音が聞こえた。店の戸口に点《とも》った掛行灯《かけあんどん》の灯と紅殻格子の戸が淫靡な雰囲気をかもしだしている。

玄次は路傍の柳の樹陰にたたずんで、話の聞けそうな男が店から出てくるのを待っていた。下働きの者か若い衆なら店の遊女のことも知っているだろうと思っていた。

暮れ六ツ（午後六時）を過ぎたところだった。ときおり、呼出らしい女が若い衆を連れて店から出て行く。呼出茶屋の客に呼ばれたのであろう。

玄次がその場に立って半刻《はんとき》（一時間）ほどしたときだった。格子戸があいて、若い衆らしき男が出てきた。若い衆らしいといっても三十がらみである。縞の小袖を尻っ端折りし、紺股引に草履履きだった。

「ごめんよ」

玄次は樹陰から出て男のそばに近寄った。

「なんでえ、おめえは」

男は警戒するような目で玄次を見た。面長で鼻梁《びりょう》の高い男だった。

「ちと、わけありでね。娘をひとり探してやして」

玄次は首をすくめながら照れたような笑いを浮かべた。惚《ほ》れた女を探していると思わせようとしたのだ。

「それで？」

男は歩調をゆるめたが、足はとめなかった。富岡八幡宮の方へ歩いていく。あるいは、呼出茶屋に遊女を迎えにでも行くのかもしれない。

「尾崎屋さんに、ちかごろ、若い娘が買われてきたと耳にしやしたもので」

玄次は男の後に跟《つ》きながら言った。

「知らねえな」

男はとりつく島もなかった。

玄次はすばやくふところから巾着を取り出し、一朱銀を男の手に握らせた。男は驚いたような顔をしたが、急に顔をくずし、

「おめえの惚れた女なのかい」

と、目を細めて訊いた。若い衆にとって、一朱は思わぬ実入りだったにちがいない。

「へえ、まァ……」

玄次は曖昧《あいまい》に答えた。

「それじゃァ、気になるよな。で、どんな女だい」

「歳は十六、色白の頬のふっくらした娘でして。いなくなる前まで、浅草の料理屋で女中をしてやした」

玄次はあえて名は言わなかった。遊女として売られたのなら、元の名は使わないだろうと思ったからである。

「うちに来たのは、その娘じゃァねえなァ。女中をしていたらしいが、柳橋の料理茶屋と

のことだ。それに、色白だが、痩せた感じがしたな」

　男が言った。

「柳橋の料理茶屋……」

　おはまという女だ、と玄次は直感した。

「連れてきたのは、だれか分かるかい」

「ふたり来たな。ひとりは、遊び人ふうの目の細い男だったな」

　遊び人ふうの男は永吉ではないか、と玄次は思った。

「もうひとりは、牢人か」

「ちがうな。五十がらみの痩せた男で、昔から、この辺りに娘を連れてくる女衒だよ」

「そいつの名は？」

「藤六《とうろく》だ」

「女衒の藤六……」

　どこかで聞いたような気がしたが、思い出せなかった。玄次が歩きながら思い出そうとしていると、

「おめえ、蛇《くちなわ》の彦蔵《ひこぞう》という名を聞いたことがあるかい」

　と、声をひそめて言った。

「蛇の彦蔵……！」

その名を聞いて思い当たった。

彦蔵はあまり表には出なかったが、女衒の元締めや高利貸しなどをしていた。彦蔵は執《しっ》拗《よう》で悪辣な男だった。無慈悲な借金の取り立てはむろんのこと、金になりそうな娘をさらって売ったり、平気で人殺しをしたりすることから、闇の世界では蛇の彦蔵と呼ばれて恐れられていた。その彦蔵の片腕と呼ばれている男が藤六である。

……彦蔵がからんでいるのか！

玄次の顔がこわばった。彦蔵が背後にいるとなると、お春を助け出すのも容易ではない。それに、玄次は岡っ引きをしていたころ彦蔵の噂を耳にしただけで、その顔を見たこともなければ、住処も知らなかった。

「もうひとりは？」

玄次は尾崎屋には、垢抜けした女がふたり売られてきたと聞いていた。

「もうひとりも、おめえの惚れた女じゃァねえなァ。浅草だが、芸者でな。清乃とかいう名で、だいぶ売れっ子だったらしいや」

「清乃……」

まちがいない。彦蔵の息のかかった永吉や藤六が、おはまや清乃をさらって遊廓に売り払ったのだ。

となると、連れ去られたお春や他の女も同じ目に遭っているだろう。

「どうも、あっしの惚れた女じゃァねえようで。……深川界隈で、他に十六、七の器量のいい女が売られてきたって話はありませんかね」

玄次の知りたいのは、お春の行方である。

「おめえも知ってるだろう。深川は吉原に肩を並べる女郎の街だぜ。毎日、若い娘が何人も売られてくるからなァ」

「そりゃァそうですが……」

「だがよ、うちにきたふたりのような上玉は、女郎屋や金のねえ子供屋じゃァ買えねえ。いるとすりゃァ仲町か、表櫓《おもてやぐら》だな」

「………」

すでに、仲町の主だった子供屋は当たっていた。残るは、表櫓ということになろうか。

表櫓は永代寺門前山本町の里俗名である。火の見櫓があったことから、その名で呼ばれるようになったとか。

「だがな、売られた女を取り戻そうなんて考えねえ方がいいぜ。こんど来た上玉はひとり五十両ほどかかってるんだ。身請けするには、それ以上の金を出さなけりゃァなんねえ。

おめえには、無理だろう」

「へえ……」

玄次はしおれたようにうなだれて見せた。

「下手に思いつめて足抜きでもさせりゃァ、おめえも女も命はねえぜ」

男は恫喝《どうかつ》するような口振りで言った。玄次が足抜きでもしかねないと思ったのかもしれない。

「分かっていやす」

玄次は神妙な顔でうなずいた。

九

翌日、玄次は表櫓に足を運んだ。呼出茶屋を片っ端から当たり、藤倉屋《ふじくらや》という子供屋に、浅草の料理茶屋から連れ去られたお仙らしい女がいることが分かったが、お春の行方は知れなかった。

翌日、玄次は石場に行ってみようと、浅草三好町の長屋を出た。陽は、まだ頭上にあった。八ツ（午後二時）前であろうか。東本願寺の脇を通り町家のつづく通りを抜けて、浅草御蔵の前の千住街道へ出た。

玄次は人通りの多い街道を足早に両国の方へむかった。長年岡っ引きで鍛えただけあって、足は丈夫である。

浅草御門の前で左手にまがってすぐ、玄次は背後に足音を聞いた。振り返ると、縞柄の着物を尻っ端折りした遊び人ふうの男が、一瞬、表店の陰に身を隠すような素振りを見せた。長身で痩せた男である。

……おれを、尾けているのか。

と、玄次は思ったが、見覚えのない男だった。もっとも、半町ほども離れていたので、顔付きまでは見えなかった。

永吉でもないようだった。玄次は、永吉のことを中背で顎のとがった目の細い男だと安兵衛から聞いていたのだ。

両国橋を渡り大川端の通りへ出てから、玄次は気になってそれとなく振り返って見た。男の姿はなかった。玄次は気のせいだったのかと思い、大川端を深川へむかった。

石場はほとんど伏玉をかかえた女郎屋で、大枚を出して上玉を買い求めるような格の高い店はなかった。それでも、玄次はいくつかの女郎屋に当たり、お春のことを訊いてみた。

やはり、お春はいなかった。

……石場では、ないようだ。

玄次は女郎屋のぎゅうから話を聞いたとき、そう思った。

その男は、この辺りの女郎屋に売られてくる娘は、食えなくなった百姓の娘か年嵩《としかさ》の女が多く、高くても十両ほどだと口にしたからである。

玄次は深川はここまでにして、明日から下谷の山下界隈を探してみようと思った。何とかお春の行方をつきとめたかったのである。

山下と呼ばれる地は、寛永寺のある東叡山の東側の麓あたりで、茶屋や料理屋などが軒を並べている歓楽街だった。岡場所でも知られた地で、売女の数も多い。ただ、格の高い上玉はいないようなので、あまり期待は持てなかった。

石場から大川端に出たとき、玄次は背後にかすかな足音を聞いて振り返った。

……やつだ！

浅草御門のちかくで見かけた遊び人ふうの男である。

……ずっと、おれを尾けていたのか。

そうとしか考えられなかった。彦蔵の手下かもしれない。それにしても、なぜ尾けまわしているのか。ひとりで襲うつもりだろうか。となると、よほど腕に自信があるということになる。

……くるなら、こい。

相手はひとりである。仕掛けてきたら、ふん縛ってやろう、と玄次は思った。

玄次は大川沿いの道を歩いていた。陽は家並のむこうに沈み上空に残照があったが、通りは夕闇につつまれていた。小体な表店が並んでいたが、どの店も表戸をしめてひっそりとしている。通りに人影はなく、大川の川面を渡る風が物悲しい音をたてていた。

背後の男はしだいに間をつめてきた。いまは身を隠すようなことはせず、通りのなかほどを足早に歩いてくる。

夕闇のなかに永代橋が黒くかすんで見えた。すぐ右手が大川の土手で、葦《あし》や芒《すすき》などの丈の高い雑草が川風になびいていた。汀《みぎわ》に寄せる川波の音が、足元から聞こえてくる。

……前にもいる！

前方、土手の柳の陰に黒い人影があった。

腰の刀が見えた。武士である。牢人体だった。黒覆面で顔を隠している。玄次の脳裏に安兵衛を襲ったという牢人のことがよぎった。

……おれを斬る気だ！

玄次は足をとめた。

牢人は通りのなかほどに出てくると、小走りに近寄ってきた。獣が獲物を襲うような敏捷な動きである。

玄次は、牢人とやり合っても相手にならないことを察知した。逃げるしか手はなかった。背後を振り返ると、長身の遊び人ふうの男が迫ってきた。手元が白くひかっている。匕首《あいくち》を手にしているのだ。

玄次はふところから十手を取り出した。ふだんは持ち歩かなかったが、お春の行方を探すようになってから念のために持っていたのである。

牢人は間近に迫っていた。咄嗟に、玄次はきびすを返し、遊び人ふうの男に向かって突進した。

一瞬、男は驚いたようにその場につっ立った。玄次が凄《すさ》まじい勢いで駆け寄ってくるのに、気圧《けお》されたようだ。

それでも、すぐに腰をかがめて身構えた。

「やろう!」

声を上げざま、男が玄次の腹にむかって匕首を突いてきた。

瞬間、玄次は男の手元に十手を振り下ろした。にぶい金属音がし、匕首をにぎった男の右腕が下がり、体がよろめいた。男の突き出した匕首へ、上から十手をたたきつけたのである。

男の体がよろめいた瞬間、玄次はその脇をすり抜けた。

玄次は駆けた。追いつかれたら、牢人に斬られる。すぐ背後に牢人が迫り、その息遣いが聞こえた。玄次は懸命に走った。牢人は執拗に追ってきた。背後の足音はなかなか離れない。

通りは濃い夜陰につつまれ、人影はなかった。半町ほど先の大川端の店から灯が洩れていた。二階にも座敷があり、障子が明るんでいる。船宿だった。まだ、商売をしているようである。

玄次は喘《あえ》ぎながら走りつづけ、船宿に飛び込んだ。上がり框で草履を脱ぎ捨て、帳場まで駆け込んだ。

帳場にいた女将らしい大年増が、驚怖に目を剝き、

「だ、だれです!」

と、ひき攣《つ》ったような声を上げた。

息が苦しくてすぐに声が出ない。玄次の胸は早鐘のように鳴り、心ノ臓が喉から飛び出てきそうだった。それでも、激しい呼吸の喘ぎのなかで、

「つ、辻斬りだ……」

とだけ、口にした。

「つ、辻斬り……」

女将は立ち上がり、目を剝いたまま身を顫わせた。自分が辻斬りに出くわしたような顔をしている。

玄次は肩で息をつきながら、戸口に目をやった。人影はない。

いっとき経ったが、牢人は入ってこなかった。店のなかまで押し入って、斬るわけにはいかなかったのだろう。かすかに、遠ざかっていく足音が聞こえた。あきらめたのかもしれない。

「女将さん、水を一杯もらえますかい」

玄次が頼んだ。

「は、はい……」

女将は帳場の脇の調理場へ行って、湯飲みに水を汲んできた。

玄次は湯飲みを受け取ると、一気に飲み干した。やっと、一息つけた。呼吸も治まってきた。

「すまねえ、騒がしちまって。お蔭で命拾いしたぜ」

そう言うと、玄次はふところから巾着を出し、礼のつもりで一朱だけ女将に握らせた。

玄次は念のため、女将に頼んで船宿の裏口から出してもらった。牢人と遊び人ふうの男が、店から出てくるのを待っている恐れがあったからである。

玄次は船宿の裏手を通り、すこし川下の方へもどってから別の路地を通って浅草にむかった。

……やつら、どうしておれを狙ったんだい。

玄次は腑に落ちなかった。狙ったふたりは彦蔵の一味だろうが、連れ去られた女のことは他の岡っ引きたちも洗っているはずである。岡場所で聞き込んでいる玄次を同じように町方と思ったはずだ。玄次だけが、特別彦蔵の身辺へ迫ったわけではない。玄次だけ狙う理由はないのである。

……それに、手が早え《はえ》。

玄次が連れ去られた女のことを探っていると、どうして知ったのだろう。しかも、すぐに殺しで口を封じようとしたのだ。

娘をさらった件だけではないのかもしれない。玄次は、事件の背後にまだ見えてない何かがあるような気がした。

第四章　用心棒

一

「まァ、一杯、飲め」

安兵衛は銚子を取って、玄次の猪口《ちょく》についでやった。

「遠慮なく、ごちになりやす」

玄次は猪口の酒を飲み干すと、旦那も一杯、と言って、安兵衛の猪口にも酒をついだ。

ふたりが酒を酌み交わしていたのは、笹川から半町ほど離れた土鍋《となべ》屋という柳川鍋《やながわなべ》を食わしてくれる小体な店である。駒形町には、名物どぜう、と記した看板を出している店が他にもあったが、安兵衛は土鍋屋の親爺と懇意にしていたので、泥鰌《どじょう》が食いたくなるとここに来るのだ。それに、笹川では、来るなと言っても、お房やお満がそばに来るので、密談はできないのである。

「それで、清乃たちの行方は知れたのだな」

安兵衛は、玄次から今まで調べたことをかいつまんで聞いていた。

「へい、ですが、お春は深川にはいねえようで」

「深川に売られたのは、清乃、おはま、お仙の三人だけか」

肝心のお春の行方が知れない。安兵衛はうかぬ顔をして、柳川鍋をつついた。

柳川鍋は、土鍋でひらいた泥鰌とささがき牛蒡《ごぼう》をダシ汁で煮込み、卵でとじた料理である。土鍋屋の柳川鍋はダシ汁の甘辛い味が泥鰌の淡白な味によくあって酒の肴にはもってこいだった。

「もうすこし、手をひろげてみますよ。お春が彦蔵たちにさらわれ、遊女屋に売られたのはまちげえねえでしょう」

玄次が言い足した。

「その彦蔵だが、どんな男なのだ」

安兵衛が顔を上げて聞いた。

「あっしも、噂を聞いただけで、くわしいことは知らねえが」

と前置きして、彦蔵が女衒の元締めや高利貸しなどをしていることを話してから、

「人殺しも平気でやるようなやつで、蛇の彦蔵と呼ばれていやす」

と言い添えた。

「手下もいるのか」

「へい、清乃たちを売った藤六は、彦蔵の片腕といわれている男でして。それに、永吉も一味のはずです」

「それで、玄次、おまえを襲ったというふたり組は？」

安兵衛は、大川端で襲われたという話も玄次から聞いていた。

「牢人と遊び人ふうの男で」

玄次は、牢人が覆面で顔を隠していたことや遊び人ふうの男は背が高く痩せていたことなどを話した。

「牢人はおれを襲ったやつだな。町人の方は、茂太という男かもしれねえな」

永吉は長身ではなかったし、三升屋の板場で働いていた茂太が長身瘦軀だと聞いていたのだ。

「それが、どうも腑に落ちねえんで」

玄次は不審そうな顔をした。口封じにしても一味の手が早過ぎるし、自分だけが襲われる理由もないという。

「実は、おれも同じことを思ったのだ」

安兵衛は、又八とふたりで三升屋の周辺で聞き込んでいたことや三人の牢人に襲われたことなどを話してから、

「おれたちが三升屋を洗っていたのを、やつらはすぐに知ったし、打つ手も早かった」

そう言って、猪口に手酌で酒をついだ。

「妙だな」

玄次は視線を虚空にとめて何か考え込んでいる。

いっとき、安兵衛も黙考していたが、何か気付いたように顔を上げて、

「玄次、おれたちのことを見張っているやつがいるかもしれんぞ」

と、声を落として言った。

「あっしも、そんな気がしやすが……。旦那、だれか心当たりがありますかい」

玄次が訊いた。

「まったくない」

安兵衛は即座に答えた。安兵衛や玄次を見張って、彦蔵一味に伝えるような者が身辺にいるとは思えなかった。

「あっしも、心当たりはねえんで」

「うむ……」

ふたりは柳川鍋を睨んだまま黙り込んだ。それぞれが殻にこもったように考え込み、なかなか箸《はし》を出す気になれないようだ。

「いずれにしろ」

安兵衛が顔を上げて言った。

「早く手を打たねば……。彦蔵一味が、清乃、おはま、お仙の三人をさらって深川の遊廓に売り払ったことはまちがいないのだ。お春も遊女として売られたとみていいだろう。早く助け出さないと、身も心も元にはもどらなくなるぞ」

すでに、遊女として客をとらされているかもしれない。お春のようなうぶな娘は、体もそうだが心の傷も心配である。

「あっしも、それが気になってやして」

玄次も顔を曇らせた。

「こうなったら、すこし手荒だが、ひとり女衒をつかまえて聞き出すか」

安兵衛は手酌で猪口に酒をつぎながら言った。

「それも手かもしれやせん」

「よし、明日、おれも深川へ行く」

そう言って、安兵衛は猪口の酒を一気に飲み干した。

「旦那がいっしょなら、心強《こころづ》え」

玄次ひとりでは、また牢人に襲われる危険があったのだ。

「又八も連れていこう」

「又八も」

「そうだ、やつも今度のことでは、とくに張り切っているからな。何かの役に立つだろうよ」

「そういうことなら、又八にいい役どころがありやすぜ」

玄次は安兵衛に身を寄せて、何やら小声で伝えた。

「妙案だな」

安兵衛は大きな顎を撫でながら、ニンマリとした。

二

翌日の午後、安兵衛が笹川で待っていると玄次が顔を出した。尻っ端折りに紺の股引、草履履きで、職人か大工のような身装《なり》をしていた。

「行くか」

安兵衛は矢羽根縞《やばねじま》の小袖を着流し、朱鞘の大刀を一本落とし差しにしていた。小袖は、お房が呉服屋で見繕ってくれたものである。安兵衛は酒の入った瓢を肩に、ふらりと外へ出た。

「へい」

玄次が後に跟いた。

安兵衛たちが駒形堂の脇を通り千住街道へ出ると、駒形堂の陰から通りへ出てふたりの後を尾ける者がいた。黒の半纏に股引、茶の手ぬぐいで頬っかむりして顔を隠している。又八だった。又八は、先へ行く安兵衛たちから一町ほどの間を取って、尾けていく。

これが、玄次の言い出した策だった。安兵衛や玄次の行動を探っている者がいるかどうか、又八に尾けさせて確かめようというのである。

安兵衛たちは浅草御蔵の前を通り過ぎ、鳥越橋を渡ったが、又八の他に尾けている者はいないようだった。もっとも、千住街道は旅人や浅草寺の参詣客などで人通りが多かったので、あからさまな尾行でなければ気付かなかったかもしれない。

安兵衛と玄次は両国橋を渡り、大川端を通って深川へむかった。黒江町に入り、富岡八幡宮の一ノ鳥居をくぐったところで、

「旦那、表櫓に行ってみますかい」

と、玄次が言った。八幡宮の門前通りを左手に入ると、女郎屋や呼出茶屋などが軒をつらねる遊里になっている。

以前表櫓に来たとき、玄次は松井屋《まつい》という呼出茶屋の利之助《りのすけ》という若い衆から、ちかごろ深川に若い上玉が売られてきたということを聞き出したのである。利之助は口の軽い男で、袖の下を使えば何でも話しそうだったのだ。

玄次が利之助のことを安兵衛に話し、まず、その男に当たってみようということになった。

「旦那、あれが松井屋で」

玄次が料理茶屋らしい二階建ての家を指差して言った。

「ふたりで、店に乗り込むこともないな」

まずは、利之助から話を聞くだけである。

「あっしが利之助を呼んできやすよ」

そう言い残し、玄次は小走りに松井屋にむかった。

安兵衛は松井屋の斜向かいの小間物屋の角に足をとめて、玄次がもどってくるのを待っていた。

いっとき待つと、玄次が青白い顔をした二十歳そこそこの男を連れてもどってきた。安兵衛の前に立ったその男は、大きな目を落ち着きなく動かしていた。

「利之助か」

安兵衛は目を糸のように細めて訊いた。そうやると厳《いか》つい表情が消え、いかにも人のよさそうな顔付きになる。

「へい、利之助で」

利之助は揉み手をしながら愛想笑いを浮かべた。すでに、玄次から相応の袖の下を手にしたようである。

「訊きたいことがあるのだがな。……ここでは」

そう言って、周囲に目をやると、小間物屋と小料理屋の間が狭い路地になっていた。そこへ、利之助を連れ込んで、

「藤六という女衒を知っているか」

「まァ……」

利之助は言葉を濁した。安兵衛が何を聞きたがっているのか、見極めてから答えたいのだろう。

「実は、売られた娘がおれの知り合いかもしれんのだ。できれば、身請けしたいが、その

前に藤六に訊いて確かめたいのだ」

安兵衛は適当に言いつくろった。

「へい、知っておりやす」

利之助は安心したような顔で言った。

「住居《すまい》は、どこだ」

「冬木町の借家に住んでると聞いたことがありやすが、くわしいことは分からねえ」

利之助は小声で言った。

「永吉という男を知っているか。歳のころは二十五、六で、顎のとがった目の細い男だが」

「さァ……」

利之助は首をひねった。知らないようである。

「茂太という男はどうだ」

「ひょろりとした背の高《たけ》え男で？」

利之助が訊くと、脇にいた玄次が、そうだ、と口を挟んだ。玄次は茂太らしい男に襲われていたのだ。

「そいつなら、ときおり藤六といっしょに女郎屋や子供屋に顔を出しますぜ」

「茂太の塒《ねぐら》を知っているのか」

「行ったことはねえが、茂太から堀川町の元木橋のちかくの長屋に住んでると聞いた覚えがありやす」

「堀川町か」

おそらく、その長屋から三升屋に通っていたのだろう。そして、さらった女を売りさばくときに、藤六といっしょに遊廓にも姿を見せたにちがいない。三升屋のお峰、永吉、茂太、藤六の四人はいずれも同じ穴の貉《むじな》で、彦蔵の配下なのだろう。

それから、安兵衛は彦蔵や牢人のことを訊いてみたが、利之助は彦蔵の名を知っていただけだった。

「手間をとらせたな」

安兵衛と玄次は、利之助と別れて路地から通りへ出た。

小間物屋の角にもどると、路傍に立っていた又八が駆け寄ってきた。

「どうだ、おれたちの跡を尾けていた者がいたか」

安兵衛が歩きながら訊いた。

「それが、怪しいやろうは、まったく……」

又八は首をひねった。

「見覚えのある顔は見なかったのかい」

脇から、玄次が訊いた。

「駒形堂のちかくで、伝蔵親分と手先の平助が見送っていたくれえで」

又八は、他に顔見知りはいなかった、と言い足した。

「伝蔵か……」

安兵衛の脳裏に、チラッと伝蔵かも知れぬという思いがよぎったが、すぐに打ち消した。いかに強欲な男でも十手を持つ身で、悪党の片棒を担ぐとは思えなかったのである。人さらいは重罪だった。下手に手を貸せば、自分が厳罰に処せられる。そのことは、伝蔵にも分かっているはずだった。

玄次も、伝蔵のことは口にしなかった。足元に視線を落として、考え込んでいる。

「ともかく、堀川町へ行ってみようではないか」

安兵衛が言った。茂太を探し出し、口を割らせるのが先だった。

三

安兵衛が元木橋のたもとで瓢の酒を飲みながら待っていると、玄次と又八が堀川町からもどってきた。元木橋は堀川町と永代町の間の掘割にかかっている橋で、安兵衛は永代町側のたもとに立っていたのである。

「旦那、知れやしたぜ」

小走りにやってきた玄次が言った。

茂太の住む長屋は、掘割沿いにある長兵衛店《ちょうべえだな》という棟割り長屋だという。

「それで、茂太はいるのか」

「そこまでは、まだ」

玄次が長屋のちかくの荒物屋で訊くと、長屋には茂太という名の遊び人ふうの男が住んでいると教えてくれたそうである。

「長屋に行って確かめるか」

安兵衛は、できればすぐにも茂太をつかまえて口を割らせたかったのだ。

三人は元木橋を渡り、掘割沿いの道を一町ほど歩いた。玄次が八百屋と瀬戸物屋の間の路地木戸を指差し、

「そこが、長兵衛長屋で」

と、足をとめて言った。

「三人で踏み込んで、捕らえるわけにもいかんな」

玄次が十手を持っているとはいえ、町方のように捕縛することはできなかった。

「まず、あっしが、いるかいねえか見てきやしょう。旦那と又八は、ここで待っていておくんなせえ」

玄次はそう言い残して、路地木戸からなかに入っていった。

安兵衛と又八が掘割の岸際にたたずんでしばらく待つと、玄次がもどってきた。

「茂太は、いやすぜ」

玄次が小声で言った。

「家族がいるのか」

「いえ、独り者のようです。井戸端にいた女に訊いたんですがね、やつは日中は長屋にいて陽がかたむくと出かけることが多いそうで。何を生業にしてるのか分からず、長屋の連中も付き合いを避けてるようですぜ」

「そういうことなら、すこし待つか」

陽はだいぶ西にかたむいていた。茂太が、そろそろ長屋を出るころではないかと思ったのだ。

周囲に目をやると、掘割にちいさな桟橋があった。岸辺に杭を打ち、厚板を並べただけの簡単な桟橋である。

「おい、あの桟橋で一杯やりながら、どうだ」

すこし、掘割の水は泥溝臭《どぶ》かったが、晩春の生暖かい風が吹いていた。堀端で、一杯やるにはいい陽気である。それに、桟橋から路地木戸がよく見えそうである。

「旦那、また、酒ですかい」

又八が顔をしかめて言ったが、頬はゆるんでいる。又八も歩きまわって喉が渇いたのであろう。

三人は桟橋に渡り、腰を下ろして両足を水面に垂らした格好で、安兵衛が持参した瓢をまわして酒を飲んだ。

そうやって酒を飲みながら見張り、小半刻（三十分）ほど経ったとき、

「旦那、やつだ！」

玄次が、声を殺して言った。

見ると、ひょろりとした長身の男が、路地木戸から通りへ出てきた。弁慶格子《べんけいごうし》の小袖を尻っ端折りし、長い脛をあらわにしていた。茂太は、すこし背を丸めてぶらぶら掘割沿いの小道を元木橋の方へ歩いていく。

「つかまえよう」

安兵衛はいそいで立ち上がり、桟橋を渡って通りへ出た。玄次と又八も後につづく。

「玄次、又八、追いつくぞ」

安兵衛はできるだけ足音を立てないように走りだした。

足は、玄次と又八の方が速かった。さすがに、岡っ引きやぼてふりで鍛えた足である。安兵衛を追い越し、茂太との間をつめていく。

玄次と又八が、五、六間後ろに迫ったとき、茂太が足をとめて振り返った。足音を聞きつけたらしい。

アッ、と声を上げ、茂太が逃げだした。

「待ちゃァがれ！」

玄次と又八が追った。

又八の足が速い。全速力で走ると、玄次よりも足は速かった。見る間に茂太に迫り、後ろから帯をつかんだ。

「やい、おとなしくしやがれ！」

又八は、顔を真っ赤にして踏ん張り茂太の足をとめた。

そこへ、玄次が駆け付け、すこし遅れて安兵衛が追いついた。安兵衛の馬のように長い顔が、真っ赤に染まっている。顔が紅潮したのは、酒を飲んで走ったせいらしい。

「お、おれを、どうする気だ」

茂太は目をつり上げて言った。

「な、何もしねえ。話を聞くだけだよ」

安兵衛は荒い息を吐きながら、周囲に目をやった。元木橋を渡った先の永代町に雑木や藪でおおわれた空地があった。そこなら人目を気にせず、話が聞けそうである。

「いっしょに来い」

安兵衛が同道するように言うと、

「おらァ、行かねえよ」

茂太はふてぶてしい顔をし、長い脚を折ってその場に屈み込んだ。

「しょうがねえなァ」

安兵衛はそうつぶやくと、右手を刀の柄に添え、わずかに腰を沈めた。

瞬間、刀身の鞘走る音がし、茂太の顔面ちかくへ閃光が疾《はし》った。茂太が、ヒィ、という喉の裂けたような悲鳴を洩らし、背筋を伸ばして恐怖に目を剝いた。

茂太の右頰に細い血の線が縦に走り、タラタラと血が流れ出た。茂太の顔は蒼白《そうはく》で、その身は凍りついたように固まっている。

「酔っちゃァいるが、まだ、腕は確かだぜ」

そう言って、安兵衛は切っ先を茂太の鼻先につけ、次はもう一寸伸ばすが、いいかな、と茂太を睨みながら言った。

「お、お助けを……」

茂太は激しく身を顫わせて言った。

「おれも、手荒なことはしたくねえんだ。いっしょに来てくれるかい。ただ、話を聞くだけだよ」

安兵衛がそう言うと、茂太は背筋を伸ばしたままうなずいた。

安兵衛は納刀し、先にたって歩きだした。すぐ後ろに茂太が、その後ろにぴったりと玄次と又八がついた。又八は、しっかりと茂太の帯をつかんでいる。

四

陽は堀川町の家並のむこうに沈み、藪の陰には夕闇が忍んできていた。路傍ちかくに栗や櫟《くぬぎ》の雑木があり、小道を通る人の目から隠してくれそうだった。話を聞くには、いい場所である。

その雑木の疎林のなかに茂太を連れ込むと、

「おまえが、藤六たちと浅草や柳橋でさらった女たちを土橋の遊廓に売り払ったのは分かってるんだが、おれたちは町方じゃァねえ。おめえを、お縄にしようなんて気はねえんだ」

と、安兵衛が伝法な物言いで切り出した。

「おめえたちは、笹川のお春という娘をさらった。そいつが許せねえ。お春はな、おれの娘のようなものなんだ」

安兵衛の顔が憤怒に染まり、いくぶん目がつり上がっている。馬のような大きな顔だけによけい迫力がある。

「お春を、どこへ連れていったのだ」

「し、知らねえ」

茂太は声を震わせて言った。

「ここなら、首も刎《は》ねられるぜ」

安兵衛は刀の柄に手をかけて、茂太を睨んだ。いまにも斬りかねない迫力と凄みがある。

「ま、待ってくれ。ほんとに知らねえんだ。……お春という娘は、藤六と永吉の兄いが、女郎屋へ連れてったと聞いただけだ」

「どこの女郎屋だ」

「分からねえ。深川でなけりゃァ下谷の山下か品川宿のはずで」

茂太によると、彦蔵が娘を売るのは深川、山下、品川宿がほとんどだという。

「店の名は分からないのか」

「へえ……、あ、あっしは三升屋の手伝いがあって、山下にも品川にも行っちゃァいねえんで」

茂太は怯えたような目をして、声をつまらせて言った。嘘ではないらしい。

安兵衛は山下と品川宿を当たるしかないと思った。ただ、調べれば、お春の売られた先は分かるだろう。お春が安女郎として売られたはずはない。山下にしろ品川宿にしろ、金持ち相手の格の高い女郎屋であろう。そうした女郎屋は、そう多くはないはずである。

「藤六を知ってるな」

安兵衛は別のことを訊いた。

「へい」

「冬木町に住んでることは分かってるが、冬木町のどこだ」

「関森屋《せきもりや》という油問屋の裏手の借家でして」

「そうか」

安兵衛が玄次の方に目をやると、玄次がうなずいた。関森屋を知っているのだろう。

「ところで、おまえたちの頭は、彦蔵という男だそうだな」

安兵衛が声をあらためて訊いた。

「そ、そうで……。あっしは会ったことはありやせんが」

茂太は恐怖と戸惑いが入りまじったような顔をして安兵衛を見た。

「塒《ねぐら》はどこだ」

「そ、それが、知らねえんで……。日本橋の方で情婦《いろ》に料理屋をやらせ、そこに住んでるとは聞いてやすが」

「店の名は」

「知りやせん」

「しらを切る気か」

安兵衛は刀の柄に手をかけた。

「う、嘘じゃァねえ。あっしのような三下は、親分に会わしちゃァもらえなかったんで」

茂太は目を剝き、声を震わせて言った。

「彦蔵だがな、ほかに手下がいるだろう？」

「へい、三人ほど。それに、用心棒がひとり……」

「用心棒、おれや玄次を襲った牢人だな」

「へい」

「室岡源次郎か」

安兵衛は笑月斎から聞いた名を言ってみた。

「よくご存じで……」

茂太の顔に驚いたような表情が浮いた。安兵衛が名まで知っているとは思わなかったのだろう。

「室岡の住居は？」

「知りやせん。……ただ、若いころ神田相生町に住んでいて、ちかくの剣術道場に通っていたと聞いたことはありやすが」

「神田相生町だと……。すると、室岡が通ったのは松永町の伊庭《いば》道場だな」

相生町の隣町にあたる松永町に伊庭軍兵衛《ぐんべえ》の心形刀流《しんぎょうとう》の道場があった。

「その伊庭道場で」

「うむ……」

どうやら、室岡は心形刀流を身に付けているようだ。

安兵衛は、室岡がどんな男なのか調べてみようと思った。伊庭道場の門弟に当たれば、知れるだろう。

安兵衛が黙っていると、

「茂太、永吉とお峰はどこにいるんでえ」

脇にいた玄次が訊いた。

「永吉の兄いは、藤六のところだと思いやす。女将さんは、親分の店じゃァねえかと」

「そうかい。……ところで、おれや旦那のことを尾けまわして、おめえたちに知らせているやつがいるだろう。だれだい」

玄次が鋭い目で茂太を見すえながら訊いた。

「な、名は知らねえ。……永吉兄いだけが、会ってたようだ」

茂太は言いにくそうに顔をしかめた。

「彦蔵の手先じゃァねえんだな」

「ちがうようだ。あっしは見たこともねえが、永吉兄いは、浅草に住んでる若いやつと口にしてやした」

「若いやつな……」

玄次は考え込むように視線を落とした。

いっとき、安兵衛と玄次が黙っていると、

「あっしの話は終わったようで。……それじゃァこれで、帰らせていただきやす」

茂太はそう言って、後じさりし始めた。

「待て」

と、安兵衛が声をかけた。

「まだ、何か」

茂太は顔をこわばらせてつっ立った。

「このまま帰すことはできねえ」

言いざま、安兵衛は抜刀し、スッと茂太との間合をつめた。

「た、助けて！」

茂太が悲鳴を上げ、反転して逃げようとした瞬間だった。

安兵衛が刀身を峰に返して一閃させた。

骨肉を打つ鈍い音がし、茂太が、ギャッと叫んで、右腕を左手で押さえた。右腕が、だらりと下がっている。安兵衛が峰打ちで、右上腕の骨を折ったようだ。茂太の顔が恐怖と苦痛にひき攣《つ》り、体が激しく顫えだした。

「骨を折っただけだ。命は助けてやる」

「……………！」

茂太は目を剝いて安兵衛を見つめたままヒイヒイと喉を鳴らし、すこしずつ後じさりし始めた。

「茂太、おまえがおれたちのことを彦蔵に話せば、どうなるか分かってるな。彦蔵は、その腕を見て、おめえが仲間のことをしゃべったことに気付くぜ。そうなりゃァ、彦蔵はおめえを生かしちゃァおかねえ。……彦蔵はむごい男だからな」

「…………」

茂太の顔が不安そうにゆがんだ。自分でもそう思っているらしい。

「命が惜しかったら、しばらく江戸から姿を消すんだな。……行け！」

安兵衛が声を上げると、茂太はよろよろと通りの方に歩きだした。

その後ろ姿を見送りながら、

「旦那、やつを見逃してもいいんですかい」

と、又八が訊いた。

「なに、茂太はおれたちのことを彦蔵に話しゃァしねえよ。なにせ、てめえの命がかかってるからな」

そう言うと、安兵衛は手にした刀を鞘に納めて雑木林から出た。

五

関森屋の脇に細い路地があり、裏手につづいていた。安兵衛たち三人は、その路地をたどり店の裏側へまわってみた。藤六の家を探しに来たのである。

裏手に掘割があった。仙台堀へ通じる掘割である。その掘割のちかくに、板塀をめぐらせた仕舞屋《しもたや》があった。

「旦那、あの家のようですぜ」

玄次が仕舞屋を指差して言った。

「やけに静かだな」

すでに辺りは暮色に染まっていた。家から洩れてくる灯もなく、薄闇のなかにひっそりと沈んでいる。

「留守かな」

玄次がつぶやくような声で言った。

「そうかもしれん」

「こんどは、あっしが様子を見て来やしょう」

又八が、袖をたくし上げて歩きだした。やけに張り切っている。

「気をつけろよ」

安兵衛と玄次は、苦笑いを浮かべて路傍に足をとめた。

又八は家の戸口に通じる枝折《しお》り戸を押して、敷地内に入っていった。戸口へは近付かず、足音を忍ばせて庭の方へまわったようだが、安兵衛たちには庭木の陰になってその姿が見えなかった。

いっときすると、さらに辺りの夕闇は濃くなり、家の戸口や軒下は闇につつまれてぼんやりとしか識別できなくなった。

安兵衛が、もどるのが遅いな、とつぶやいたとき、枝折り戸から又八が出てきた。すぐに、又八はふたりのそばに駆けもどり、

「家には、だれもいませんぜ」

と報告した。又八は、念のために家のまわりを一回りしたが、物音ひとつしなかったという。

「ここにまちがいないはずだが、出かけたのかな」

安兵衛は枝折り戸へ近付いてみた。玄次と又八も、跟いてきた。

家は濃い夕闇につつまれ、ひっそりとしている。確かに人のいる気配はなかった。

周囲に目をやると、板塀のすぐ脇が掘割になっていた。

……ここにも、女を連れ込んだのかもしれぬ。

と、安兵衛は思った。

大川から仙台堀へ入って掘割をたどれば、家のすぐ脇まで舟でこられるのだ。柳橋の三升屋を放棄しても、ここへ連れてくれば、一時的に女を隠すことができたろう。

「旦那、どうしやす」

又八が訊いた。

「今夜のところは、これまでだな」

留守では、どうにもならない。安兵衛は明日もう一度、ここに来てみようと思った。

翌日の午後、安兵衛は梅吉に頼んで猪牙舟を出してもらった。大川、仙台堀、掘割とたどってみようと思ったのである。それに、歩いて行くより、はるかに早いのだ。同乗したのは、玄次と又八である。

思ったとおり、仕舞屋の脇の掘割まで舟で直行できた。

「梅吉、ここで待っていてくれ」

安兵衛はそう言い置いて、陸へ上がった。玄次と又八もつづいた。

仕舞屋の戸口はしまったままだった。枝折り戸のそばまで行ってみたが、人声も物音も聞こえなかった。

「だれもいないようだ」

昨日から、留守なのかもしれない。

「家のなかを覗いてみますかい」

玄次が言った。

「そうだな。行き先が分かるかもしれん」

三人は枝折り戸を押して、戸口に立った。

「あきやすぜ」

玄次が引戸を引くと、簡単に動いた。

家のなかはひっそりとしていた。人のいる気配はない。土間の先が狭い板敷きの間になっていて、その先に障子がたててあった。

「入《へえ》ってみやしょう」

戸口に草履を脱いで、玄次が上がった。安兵衛と又八が後につづく。

障子をあけると居間らしい座敷があった。神棚と長火鉢があるだけで、がらんとしていた。その先にも座敷があった。寝間らしかった。衣桁《いこう》に褞袍《どてら》が掛けてあり、枕屏風《まくらびょうぶ》の陰に夜具が畳んであった。ひとり分である。それに、女の匂いがしなかった。あるいは、藤六は独り暮らしだったのかもしれない。

居間と寝間の他には、台所と縁側があるだけだった。台所の竈《へっつい》に手を入れてみた玄次が、

「昨夜から、火は使わなかったようですぜ」

と、言った。昨夜から、住人がいないということだろう。

三人は行き先の分かるような物はないか探したが、それらしい物は何もなかった。

「妙だな」

戸口まで出てきて、安兵衛がつぶやいた。

……三升屋と同《おんな》じではないか。

と、思ったのである。

安兵衛たちが来ると察知し、その前に隠れ家を捨てて姿を消したとしか思えなかった。となると、やはり安兵衛たちの動きを探っていて、彦蔵たちに内通している者がいるのである。安兵衛が胸の内の疑念を話すと、

「あっしも、同じことを思いやした」

と、玄次が言った。

又八までが、腕を組んで憮然《ぶぜん》とした顔をしている。

「これじゃァいくらたぐっても、みんな逃げられてしまうな」

安兵衛が舟の方にもどりながら言った。

「どうも気になってならねえ」

玄次はけわしい目で虚空を睨みながら言った。

「旦那、あっしは、しばらく彦蔵に通じてるやつを探ってみますよ」

「そうしてくれ」

安兵衛も、このままではどうにもならないと思った。

その日、安兵衛たちは梅吉の舟で、そのまま浅草へもどった。明日から、山下に足を運んで、お春の行方をつきとめるつもりだった。

六

「とんぼの小父ちゃん、小父ちゃん」

お満が、搔巻から外へ突き出た安兵衛の脛をピシャピシャたたいている。

目を覚ました安兵衛は、

「おお、お満、何か用か」

と言って、むくりと起き上がった。

「又八さんが、来てるよ」

「又八だと、もうそんな時刻か」

安兵衛は又八とお春を探しに、山下へ行くことになっていた。ただ、又八が早めにぼてふりを切り上げ、四ツ（午前十時）ごろ笹川を出ることにしてあったのだ。

東側の障子を見ると、朝日でかがやいている。まだ、五ツ（午前八時）ごろのようだ。何かあったのかもしれない、と思い、安兵衛は立ち上がった。

寝間着からいつもの着流しの格好に着替えると、欠伸をしながら階下へ下りていった。

又八が紅潮した顔で土間に立っていた。足元に空の盤台が置いてあった。着物を尻っ端折りし、黒股引に草履履きという魚を売り歩くときの格好である。まだ、魚河岸へ行ってないらしい。

「極楽の旦那、殺《や》られやしたぜ」

又八は顔を合わせるなり、声をひそめて言った。階段を下りてくるお満に気を使ったようだ。

「殺られたって、だれが？」

「茂太でさァ」

「茂太だと！」

手が早い、と安兵衛は思った。

茂太を殺したのは彦蔵一味であろう。安兵衛たちに吐いたことを知って、制裁と口封じのために始末したにちがいない。それにしても、茂太を捕らえて、口を割らせたのは昨日のことである。

「堀川町の元木橋ちかくで、バッサリと」

又八によると、今朝方、ぼてふり仲間から耳にし、堀川町まで行ってきたという。

「そのまま、ここへ来たのか」

「へい、旦那の耳に早く入れてえと思いやしてね」

どうやら、堀川町から笹川に直行したらしい。

「刀傷か」

「肩口から脇へ、一太刀でさァ」

「うむ……」

室岡のようだ、と安兵衛は思った。

ふたりがそんな話をしているところへ帳場からお房が出てきて、上がり框ちかくに膝を折った。その脇へ、二階から遅れて下りてきたお満が座り、母子で安兵衛たちの話に耳をかたむけている。

「いずれにしろ、おれたちはお春を探しに行くしかねえなァ。又八、おめえどうする？これから、魚河岸まで行くのかい」

安兵衛は、お房にも聞こえるような声で訊いた。

「冗談じゃァねえ。おてんとさまが、こう高くなってから河岸に顔を出したんじゃァ、笑われますァ。今日は、このまま旦那といっしょに下谷へ行くつもりで」

又八は威勢よくまくしたてた。

「お房、聞いたとおりだ。腹がへってちゃァ、お春も見つからねえ。茶漬けでも、食わしてくれい」

安兵衛が見えでも切るような口調で言うと、

「しょうがないねえ。先に顔でも洗ってきなね」

お房は笑いながら腰を上げ、板場へむかった。その後を、パタパタとお満がついていく。

顔を洗い、お房が用意してくれた茶漬けをかっ込むと、安兵衛は朱鞘の大刀を帯びて、外へ出た。

晩春の陽射しが、浅草の家並を照らしていた。いい陽気である。駒形堂の先に大川の川面がひろがり、金箔《きんぱく》を流したようにかがやいている。川面を上下する猪牙舟や屋根船がひかりのなかで揺れていた。

……だれもいないようだ。

笹川を出てから駒形堂の近くまで来る間に、安兵衛は何度か周囲に目をくばった。尾行者が気になったのである。

安兵衛と又八は東本願寺の門前を通り、道の両側に寺院のつづく新寺町を抜け、車坂町から山下へ出た。ここは寛永寺のある東叡山の麓にあたり、広小路になっている。

下谷の広小路は、両国広小路と同じように江戸でも有数の盛り場である。見世物小屋や床店が立ち並び、大勢の人が行き来していた。講釈師が朗々とした声を張り上げ、居合抜きが声を張り上げて客を集めている。

また、水茶屋や料理茶屋などが軒を並べており、店内では前垂れ姿の娘が客に声をかけたり、茶を運んだりしていた。そうした茶汲み女が、客の求めに応じて二階の座敷で肌を売るのである。

安兵衛と又八は、水茶屋から出てくる話の聞けそうな客や若い衆らしい男をつかまえて、お春のことを訊いたが、それらしい娘がいるという話はなかった。

それに、話を聞くと、どの店も一切れいくらと時間を区切って安価で遊ばせるようで、上妓を抱えているような店はなかった。

「旦那、お春ちゃんは、いそうもありませんね」

又八は、歩きまわって疲れたのか、それともいつまで探してもお春の行方が知れないので気落ちしたのか、ぐったりしたような顔をしていた。

「そばでも食うか」

陽は西の空にまわっていた。寛永寺の鐘が、九ツ（正午）を打ってから、かなり経っている。安兵衛も腹がへっていたのだ。

「そうしやしょう」

又八はすこし元気を取り戻したようだ。

ふたりは雑踏を避けて不忍池の端へ行った。池之端仲町で、池際には出会茶屋や料理屋などが並んでいる。人通りはあったが、広小路の雑踏とくらべると静かで、池の水面を渡ってきた風がさわやかだった。

ふたりは料理屋の脇にあった小体なそば屋に入り、そばと酒を注文した。さすがに安兵衛も酒は控え目にし、そばをたぐり終えると、すぐに店を出た。それから、また山下にもどり、水茶屋や料理茶屋などの岡場所をあたったが、何の収穫もなかった。

「山下では、ないようだな」

安兵衛が、新寺町を浅草へもどりながら言った。

「あっしも、お春ちゃんは別の場所のような気がしやす」

「又八、明日は品川宿へ行ってみるか」

安兵衛は、山下より品川宿の方が可能性があるような気がした。

「品川でも、見つからなかったらどうしやす」

又八は不安そうな顔をした。

「そうしたら、永吉か彦蔵をつかまえて口を割らせるよりほかあるまい」

安兵衛は、岡場所を探し歩くよりその方が早いような気もした。


翌朝、安兵衛はお房に頼んで弁当と酒を用意してもらい、五ツ（午前八時）前に笹川を出た。むろん、又八もいっしょである。今日は品川まで遠出するということで、又八は商売をやめ、朝早くから笹川に来ていたのだ。

ふたりは草鞋《わらじ》掛けで、菅笠を手にしていた。旅装束とまではいかないが、長く歩ける身支度をととのえたのである。

ふたりは駒形堂の脇を通り、千住街道を浅草御門の方へむかった。

七

駒形堂の脇に、手甲脚半《てっこうきゃはん》に草鞋履き、風呂敷包みを背負い菅笠をかぶった行商人のような男がひとりたたずんでいた。玄次である。昨日から、玄次は彦蔵に内通している男をつきとめようと、安兵衛たちの跡を尾けていたのである。

玄次は安兵衛たちを見送った後、通りの左右に目をくばった。安兵衛たちを尾けている者がいないか、探したのである。

不審な男はいなかった。駒形堂の脇の通りは、朝から参詣客、店者、職人、船頭などが行き来していたが、怪しい動きをする者はいなかった。

玄次は安兵衛たちが一町ほど先へ行ったのを見て、通りへ出た。跡を尾けていくつもりだった。

玄次はすこし足を速めた。安兵衛たちが千住街道へ突き当たって左へまがったため、姿が見えなくなったのである。

そのとき、玄次は土産物屋や茶屋などがつづく駒形堂の前を千住街道の方へ小走りにむかう男を目にとめた。

……あの男、昨日も見たような気がするが。

そう思って、あらためて見た。

手ぬぐいで頬っかむりしているので顔は分からないが、玄次はどこかで見かけたような気がした。縞柄の着物を尻っ端折りし、紺の股引をはいていた。職人とも物売りとも見えるどこにでもいる格好の若者である。

玄次はすこし歩をゆるめて男の後ろへつき、半町ほど間を取って、跡を尾け始めた。

男は千住街道を浅草御門の方へむかっていく。とくに不審な様子はなかった。物陰に身を隠すようなこともなく、街道のなかほどを人の流れに合わせて歩いていく。

……まだ、はっきりしねえ。

玄次には、男が安兵衛たちを尾けているのかどうか確信はなかった。

ただ、尾行しているなら、素人ではないと思った。素人なら物陰に身を隠したりするが、男は道のなかほどを通行人と歩調を合わせて歩いていた。

千住街道は人通りが多い。物陰に身を隠したりせず、通行人の流れに合わせて歩いた方が気付かれないのだ。

男は両国広小路へ出ると、町家のつづく通りを日本橋の方へ歩いていく。その先には、安兵衛たちの姿があった。

……やはり、旦那たちを尾けてるようだ。

男と前を行く安兵衛たちとの間がほとんど変わらないことから、尾行している、と玄次は思った。

男は日本橋を渡り、日本橋通りの雑踏のなかを尾けていく。やがて、京橋を渡りしばらく歩いたところで、路傍に足をとめた。男はたたずんだまま、安兵衛たちの背を見送っている。

玄次も足をとめ、路傍に身を寄せた。

そのときだった。ふいに、男はきびすを返して、こっちへもどってきた。咄嗟に、玄次はそばにあった下駄屋に飛び込み、下駄を見るようなふりをした。

……旦那たちが品川へ行くとみて、尾行をやめたのだ。

と、玄次は気付いた。玄次は下駄のひとつを手に取って見るようなふりをしながら、背後に気を配っていた。

男が下駄屋の前を通り過ぎていく気配がした。玄次はすこしだけ体をひねって、男の腰のあたりだけに目をやった。

「お客さん、それ、女物ですけど」

色白の痩せた若い男が前に立っていた。奉公人らしい。

手にした下駄を見ると、鼻緒は紺だったが女物の日和下駄《ひよりげた》だった。

「嬶《かかあ》に買ってやろうと思ったが、やめたぜ」

そう言って下駄を置き、玄次は外へ出た。

男は半町ほど先を歩いていく。跡を尾けてきた玄次には、まだ気付いていないようだ。

ふたたび、玄次は男の跡を尾け始めた。男の正体と行き先をつきとめるつもりだった。

男は来た道をもどり日本橋を渡るとすぐ、右手にまがった。日本橋川沿いの魚河岸通りである。店先で威勢のいい声が飛び交い、天秤《てんびん》で魚の入った笊《ざる》を担いだり、乾物の入った木箱を持ったりしている男がやたらと目についた。

男は魚河岸通りを抜け、小網町へ入った。そして、日本橋川沿いの道をしばらく歩いた後、料理屋らしい二階家に入っていった。

玄関の脇が狭い植え込みになっていて、籬《まがき》と石灯籠《いしどうろう》が置いてあった。玄関は格子戸になっていて、脇に掛け行灯がある。掛け行灯には、御料理、能登屋《のとや》と記してあった。

……客にはみえねえ。

玄次は、男が客として店に入ったのではないと思った。

日本橋川の岸沿いの柳が新緑につつまれ、長い枝葉を垂らしていた。その樹陰に玄次は身を寄せて、能登屋の店先に目をやった。

……この店が、彦蔵の隠れ家かもしれねえ。

と、玄次は思った。彦蔵は日本橋の方で情婦に料理屋をやらせ、そこに住んでいると、茂太が口にしたのを思い出したのだ。

玄次が柳の樹陰に身を隠して小半刻（三十分）ほどしたとき、表の格子戸があいて、さっきの男が出てきた。

男は頰っかむりを取っていた。

……平助だ！

伝蔵の手先の平助だった。

平助の目の細い狐のような顔が正面に見えた。平助はすぐに日本橋川沿いの道を行徳河岸の方にむかって歩きだした。玄次には気付かなかったようである。

玄次は、平助が自分や安兵衛の跡を尾け、彦蔵に密告していたにちがいないと思った。平助なら、安兵衛や自分が何を探り、どこへ行こうとしているか予測もできるし、尾行も巧みである。

……金だな。

おそらく、平助は彦蔵に金をつかまされてその気になったのであろう。岡っ引きや下っ引きのなかには、直接犯行にはくわわらないが、賭場の親分や盗人などに探索の情報を売る手合がいるのである。

ただ、伝蔵が同じことをしているとは思わなかった。伝蔵は強欲だが慎重で、自分に累が及ぶような危ない橋は渡らない男である。

玄次はすぐに樹陰から出なかった。これ以上、平助を尾ける必要はなかったのである。

平助の姿が家並の陰へ消えていく。

八

品川宿は、旅人、馬子、駕籠かきなどが行き交い、靄《もや》のような砂埃《すなぼこり》が立っていた。雑踏のなかで、客の袖を引く留女《とめおんな》の甲高い声や駄馬の嘶《いなな》きなどがひびいていた。東海道のはじめの宿場らしい活気と賑やかさがあった。

品川宿は飯盛り女がとくに多いことで知られ、江戸に近いこともあって市中から来る客も多かった。そのため吉原の北狄《ほくてき》、品川の南蛮《なんばん》とも俗称されていた。江戸城からみて、吉原は北方、品川は南方にあったからである。

安兵衛は茶店の脇の路傍で休んでいる駕籠かきに話を聞いてみることにした。

赤銅色の半裸の男に銭を渡し、

「旅籠屋《はたごや》の飯盛り女の他にも、女の買えるところはあるか」

　と、訊いてみた。

「そりゃァ、旦那、ここには女郎屋もありやすし芸者も大勢いやすぜ」

「せっかくだ、上格の店がいいが」

「旦那のようなお武家に、うってつけの店がありやすぜ」

　そう言って、男は、芝方面から大名家の留守居役や僧侶《そうりょ》なども人目を忍んで姿を見せる格のある店として、湊《みなとがわ》川屋と盛田《もりた》屋を教えてくれた。

　安兵衛と又八は二店の場所を訊き、さっそく行ってみた。湊川屋は目黒川沿いにあり、二階建ての料理茶屋を思わせるような造りの店だった。

「旦那、繁盛してる店のようですよ」

　又八が街道の斜向かいから、戸口を覗き込むようにして言った。

　見ていると、旅人や羽織袴姿の町人や旅装の男などが、ひとりふたりと入っていく。まだ、八ツ（午後二時）ごろだが、かなり客はいるようだ。

　ふたりはしばらく路傍に立って、話の聞けそうな者が出てくるのを待った。客として、なかに入るわけにもいかなかったのである。

「旦那、あの男、この店の男衆らしいですぜ」

又八が小声で言った。

小柄な四十がらみの男だった。跳ねるような足取りで、こっちへ歩いてくる。

「あの男に訊いてみるか」

安兵衛は街道のなかほどへ出て、男の前に立った。

「何か、ご用で」

男の顔に不安そうな色が浮いた。無精髭の生えた安兵衛の大きな顔が、徒牢人《いたずらろうにん》にでも見えたのかもしれない。

「おまえは、湊川屋の者か」

「へい」

男は帳場で働いていると口にした。

「おれたちは、この店にいい女がいると聞いて、わざわざ日本橋から来たのだがな」

安兵衛は権高な物言いをした。

「市中からお越しのお客さまは、大勢ございます」

男は値踏みするような顔をした。

「蛇の彦蔵の名を聞いたことがあるか」

安兵衛は、わざと蛇を付けて言った。彦蔵だけでは、分からないだろうと思ったからだ。

「へえ……」

男の顔に警戒と戸惑うような表情が浮いた。

「おれはな、彦蔵と懇意にしている者なのだ」

「さようでございますか」

男は愛想笑いを浮かべたが、安兵衛を見つめた目は笑っていなかった。細い目に、正体を探ろうとするようなひかりが宿っている。

「彦蔵から、半月ほど前、とびっきりの上玉を湊川屋に連れていったと聞いてな、ぜひ、味見をしてみたいと思い、こうして出かけてきたわけだ」

「それはそれは、わざわざお越しいただき、ありがたいことでございます」

男の顔にほっとした表情が浮かんだ。店に来た客だと思い、安心したようだ。

「半月ほど前、彦蔵が上玉を連れてきたというのは、まことのことか」

安兵衛は念を押した。

「はい、ちかごろではめずらしい上玉が、ふたりも」

「ふたりか」

安兵衛は、お春とお澄ではないかと思った。

「それじゃァ、手前はこれで」

男はそう言って、安兵衛の前から離れそうになった。

「待て」

と言って、安兵衛が呼びとめた。

「彦蔵の話では泥臭い小娘ではなく、十六、七のいい女だそうだぞ」

「そうでございますよ。すぐにも、客を取れる上玉ですよ」

男は足をとめたが、いまにも歩き出しそうな素振りで言った。

「すると、その女を呼べるのだな。名は何という。名を教えろ」

安兵衛は男に近付いた。何とかして、お春かどうか確認したかったのだ。

「ひとりは、千代吉《ちよきち》といいやすが、ひとりは、まだ……」

男によると、もうひとりは、まだ客を取っていないという。

千代吉という深川芸者を真似たような名は、店でつけた源氏名であろう。

「客を取るのはひとりだけか」

「ひとりは、まるっきりの素人でして、客を取るまでにはいろいろ躾《しつけ》がございますもので
……」

男は困惑したような表情を浮かべて口を濁した。

客を取っていないのは、お春ではないかと安兵衛は思った。遊女になるのを嫌がって、

抵抗しているのではあるまいか。

「ですが、二、三日もすれば、客をとれるようになりますよ。……すぐに、慣れますからね」

「その女、お春という名で、色白の頰のふっくらした娘であろう」

安兵衛は、お春の名と容貌を口にした。

「お武家さま、よくご存じで」

男の顔から笑いが引き、警戒するように安兵衛を見た。

「なに、彦蔵から聞いたのさ。お春という娘はいい女だが、強情ですぐには客を取らないだろうとな。……いや、助かった。それでは、千代吉と遊ばせてもらうかな。もっとも、売れっ子で待たされるのはごめんだがな」

そう言って、安兵衛は男のそばを離れた。

安兵衛は又八を連れて、湊川屋の前まで行ったがなかには入らず、そのまま通り過ぎた。

「旦那、お春ちゃんはこの店にいるんですね」

又八が目を剝いて言った。顔がひき攣っていた。いまにも、店に飛び込んでいきそうな意気込みである。

「まちがいない。……どうやって、助け出すかだ」

「すぐに、連れ戻しやしょう」

又八は両袖をたくし上げて、店の方に歩きかけた。

「待て、はやまると、お春を助け出せなくなるぞ」

安兵衛が制した。

いますぐに又八と踏み込んで、お春を連れ出すわけにはいかなかった。店には客や女郎、奉公人などが大勢いるだろうし、店の間取りも分かっていない。大立ちまわりになるだろうが、下手をするとお春を助け出すどころか、宿役人でも呼ばれて捕縛されかねないのだ。

「でも、旦那、お春ちゃんは折檻《せっかん》されてるかもしれねえんですぜ」

又八は声を震わせて言った。

……又八はお春を好いているのかもしれんぞ。

安兵衛は又八の様子を見て気付いた。それで、向きになってお春を助け出そうとしているようだ。

「又八、下手に騒ぐとかえって、お春に辛い目をみさせることになるのだぞ」

「…………」

又八は口をへの字に引き結んで安兵衛を上目遣いに見た。

「いいか、店に飛び込むなどという真似はするなよ。ともかく、もうすこし店の様子を探ってみてからだ」

そう念を押して、安兵衛は湊川屋へ引き返した。

店のすぐ脇に、目黒川が流れていた。その下流が江戸湊である。河口につづいて、晩春の陽の反照にかがやく海原が見えた。白い帆を張った大型の廻船が、ゆったりと行き来している。

安兵衛は目黒川の川岸へまわって、湊川屋を見上げた。大きな店である。店の間口と奥行きからみて、女郎たちが客を取る座敷は二階らしかった。二階だけで五、六間はありそうである。おそらく、一階は主人のいる内所《ないしょ》、女郎たちの顔見せの座敷、居間、帳場、台所などになっているのだろう。

……お春は、どこにいるのであろうか。

安兵衛は、女郎たちの居間か、納戸であろうと推測した。ただ、店のなかを探しまわるより、女郎か男衆に訊いた方が早いだろうと思った。

安兵衛は川岸を歩きながら、お春を助け出した後のことも考えた。東海道を連れて帰ると、騒ぎが大きくなるような気がした。安兵衛たちがお春を連れもどすのを、湊川屋が黙って見ているはずはない。男衆に追わせたり、宿役人に訴え出たりするだろう。雲助やごろつきたちが騒ぎにくわわるかもしれない。宿場の者たちとやり合うと面倒なことになりそうだった。

……舟を使うか。

安兵衛は沖に浮かぶ廻船を見ながら、梅吉に舟を出してもらおうと思った。大川から江戸湊へ出て、目黒川をさかのぼれば、湊川屋のすぐちかくまで来られる。しかも、お春を舟に乗せてしまえば、笹川のちかくまで直行できるのだ。彦蔵一味がさらった娘たちを運んだのと同じ手を使うのである。

「又八、明日、店に乗り込んで、お春を助け出すぞ」

安兵衛が語気を強くして言った。

「へい」

又八は眦《まなじり》を決したような顔をしてうなずいた。

第五章　女郎屋

一

猪牙舟は、大川をすべるように下っていた。艫《とも》には櫓をにぎった梅吉が立ち、安兵衛、玄次、又八の三人が、船底や船梁に腰を下ろしていた。四人ともいかめしい顔をしている。安兵衛はめずらしく、たっつけ袴を穿《は》き、二刀を帯びていた。玄次と又八も股引に手甲脚半という扮装《いでたち》である。

五ツ（午前八時）ごろだった。安兵衛たちは湊川屋に乗り込み、お春を助け出すつもりだった。女郎屋に客が入る前に仕掛けるつもりで、玄次たちが払暁とともに笹川に集まり、安兵衛といっしょに腹ごしらえをしてから舟に乗ったのである。

昨夜、安兵衛は玄次と顔を合わせたとき、玄次から安兵衛たちを尾行し彦蔵に内通していたのは、伝蔵の手先の平助だと聞いたが、お春を助け出すのが先だと判断した。それというのも、お春は客を取るのを強要され、折檻されているらしかったからである。

「承知しやした。お春を助けやしょう」

話を聞いた玄次も、すぐに同意した。

安兵衛は、笑月斎の手も借りようかと思ったが、大勢で乗り込んで湊川屋の者と乱闘になり、死人でも出たら後が厄介だと思って、玄次、又八、梅吉の三人だけを同行することにしたのである。ただ、梅吉は船頭として来るだけで、舟で待たせておくつもりだった。

梅吉にこのことを話すと、自分も湊川屋へ行きたがったが、父親が乗り込むとかえってお春を助けづらいと言って納得させたのだ。

すこし風があった。江戸湊は波立っていたが、梅吉は巧みに舟をあやつった。佃島を過ぎると、水押しを海岸に寄せ、浜御殿《はまごてん》、新堀川《しんぼりがわ》の河口、芝の薩摩蔵屋敷《さつまくらやしき》などを右手に見ながら舟は進んでいく。

やがて、右手の海岸沿いに東海道が見えてきた。高輪《たかなわ》辺りである。街道沿いの松並木と行き来する旅人の姿がちいさく見えた。

「目黒川は、もうすぐですぜ」

梅吉が櫓を漕ぎながら声をかけた。

「川をさかのぼり、街道ちかくで岸につけてくれ」

安兵衛が腰を浮かせて言った。

右手に桜の名所として知られた御殿山《ごてんやま》が見えた。その麓には寺の堂塔が折り重なるようにつづいている。御殿山の周辺には寺院が多いのだ。

梅吉の漕ぐ舟は、目黒川の河口をさかのぼり始めた。両岸は細長い砂浜で、その先は漁家らしい軒の低い家屋がつづいている。

前方に中の橋（品川橋）が見えてきた。この橋は品川宿のなかほどにあり、この橋をもって、北品川と南品川に分けている。

「舟を岸に寄せて、とめてくれ」

安兵衛が言った。さらにさかのぼると街道から丸見えだし、湊川屋の二階からも見えるだろう。

梅吉は水押しを岸辺にむけ、低く石垣が積んである場所へ船縁を着けた。

「梅吉、すぐに舟を出せるようにして、ここで待っていてくれ。お春はかならず連れてくる」

そう言い置くと、安兵衛は石垣の上に飛び移った。遅れじと、玄次と又八がつづく。

「旦那ァ、お頼みしやす」

梅吉がしぼり出すような声で言った。お春のことが心配でならないのだろう。

三人は、石垣の上に下り立つと、丈の低い雑草の茂った荒れ地を抜け、川沿いの道を足早に湊川屋にむかった。

安兵衛が湊川屋のちかくまで来て足をとめ、

「いいか、お春を助け出すだけだぞ。他のことには、手を出すな」

と、念を押すように言うと、玄次と又八がうなずいた。

又八の顔がこわばり、目が血走っていた。昨夜眠れなかったのかもしれない。

「又八、勝手に動くな」

安兵衛が釘を刺した。

「分かっていやす」

「よし、行くぞ」

安兵衛は歩きだした。

湊川屋の格子戸はしまっていた。まだ、客を入れるには早いらしく、ひっそりとしていた。ただ、戸口に立つと、くぐもったような男の声や間延びしたような女の声が聞こえてきた。あるいは、流連《いつづけ》の客がいるのかもしれない。

「入るぞ」

安兵衛が格子戸をあけた。

土間の先に紺地に湊川屋と記した長い暖簾が下がっていた。右手は格子になっていてその先が畳敷きの帳場になっていた。帳場に人影があった。遊女ふうの女と男の姿が見える。その男が、安兵衛たちの姿を見て格子の脇から慌てた様子で出てきた。

「お客さま、店があくのは九ツ（正午）からでございます」

四十がらみ、痩せた目の大きな男だった。店の男衆のようである。

「分かっておる。ちと、店の女に用があってな」

かまわず、安兵衛は暖簾を分けてなかに入った。玄次と又八がついてくる。

土間につづいて板敷きの間があり、その先に二階に上がる階段があった。左手が座敷になっていて、数人の女郎や男衆と思われる者たちが、膳を前にして食事をしていた。その奥には、縁起棚が設けられた座敷があり、長火鉢を前にして、莨《たばこ》をくゆらしている初老の男がいた。この店の主人らしい。

女郎たちのいる座敷の左手奥には流し場や竈《へっつい》があり、何人かの下女の姿が見えた。そこは板場になっているようだ。

「こ、困ります、勝手に店に入ってもらっては……」

後ろからついてきた男が目を剝いて、安兵衛の袂《たもと》をつかもうとした。

「お春という女は、どこにいる」

安兵衛がいかつい顔で訊いた。

「ぞ、存じません。お春などという女は……」

男の声が震えていた。三人がただの客ではないと察知したようである。

そのとき、安兵衛の脇にいた玄次がふところから十手を抜き、

「隠すと、ためにならねえぜ」

ドスの利いた声で言って、男の鼻先に突き出した。

「お、親分さんで……」

「そうだ、お春はどこにいる。早く、言え」

「し、知りません」

男は困惑したように顔をしかめて、後じさった。

座敷で食事をしていた女郎や男衆たちが店先のやり取りに気付いて、慌てて立ち上がった。そして、すぐに四人の男衆が、安兵衛たちのそばに走り寄ってきた。その後ろから、主人らしい男も顔をしかめて近寄ってきた。

「あるじの信右衛門《しんえもん》にございます、何かご用でございましょうか」

首の細い鶴のように痩せた男だった。物言いはやわらかかったが、乾いた声に苛立った

ようなひびきがあった。

　集まった男衆たちが、安兵衛たちを取りかこむように立った。四人だけでなく、板場や廊下の奥からも男衆や下働きらしい男が出てきて、まわりを取りかこんだ。いずれも、気色ばんだ顔付きをして安兵衛たちを見すえている。

「お春という女に用があって、参ったのだ。お春はどこにいる」

　安兵衛が、声を大きくして訊いた。

「お上のご用でしょうか」

　信右衛門が、玄次の手にした十手を見てなじるような声で言った。

「そうだ。お春がこの店にいることは分かっている。連れてきて、もらおうか」

「初めてみる親分さんですが……」

　信右衛門は不審そうな目をして玄次を見た。

「おめえには、お春がどういう素性の女か分かってるだろう。四の五のぬかすと、おめえもひっくくるぜ」

　玄次は声を荒らげた。

「じ、事情は知りませんが、お春はてまえどもで、買った者でございます。証文も、ございますよ」

信右衛門は、震えを帯びた声で言った。

そのときだった。ふいに、安兵衛が抜刀し、首筋を信右衛門の喉元に突き付けた。

「信右衛門、おめえをこのままブスリとやってもいいんだぜ。御用の邪魔をしたため、やむなく斬ったことにすればいいんだ」

安兵衛が信右衛門を睨みつけ、恫喝するように言った。

無精髭のはえた大きな顔が赭黒く染まり、口をへの字にひき結んだ面貌《おもて》は閻魔のような凄みがあった。

「…………！」

信右衛門の顔が恐怖にひき攣《つ》った。

取りかこんでいた男たちが握り拳をつくったり、袖をたくしあげたりして身構えたが、その場から動けなかった。

二

「どうする、信右衛門。このままおめえを始末して、店のなかを家捜ししてもいいんだぜ」

安兵衛がそう言うと、

「わ、分かった。お春を連れてくるから、その刀を引いてくれ」

信右衛門は、身を後ろに反らしたまま言った。

安兵衛がすこし刀を引くと、

「蓑吉《みのきち》、お春を連れてきなさい」

と、そばにいた五十がらみの男に指示した。

蓑吉と呼ばれた男は、へい、と応えて、階段を足早に上がり、いっときするとひとりの女を連れてもどってきた。

お春である。お春は蒼ざめた顔をし、腰がふらついていた。げっそり痩せて、ふっくらした色白の頬もへこみ、体がひとまわり細くなったような感じがした。ただ、顔や体を傷付けないように折檻したらしく、傷跡は見られなかった。

お春は、安兵衛の顔を見ると、

「な、長岡さま……」

と、泣きだしそうな目をして言った。

「お春、もう心配ねえぜ。浅草に連れて帰ってやる」

安兵衛がそう言うと、又八が飛び付くような勢いで、お春ちゃん、と叫んで走り寄り、

「もう心配ねえぜ。おれが、助けにきたからよ」

そう言って、お春の肩を抱くようにして戸口へ連れ出そうとした。

……又八のやつ、ひとりで助けにきたような面《つら》をしてるぜ。

安兵衛は苦笑いを浮かべた。

「ま、待ってくれ。お春をどうするつもりだ。お春は、うちで買った女ですよ」

信右衛門が喉をつまらせて言った。お春から話を聞くだけだと思ったのかもしれない。

すると、玄次が前に出て、

「信右衛門、おめえ、彦蔵がどういう手でこの娘を連れてきたか知ってるだろう。下手に騒ぐと、おめえの首も獄門台に送ることになるが、それでもいいのか」

と言って、十手の先で信右衛門の胸元を軽くたたいた。

「で、ですが、お春はてまえどもで大枚を出して……」

信右衛門は言葉を呑み、怒りと不安の入り混じったような顔をして、その場につっ立っていた。

「そういうことだ、お春はもらっていくぞ」

安兵衛はきびすを返し、お春の後ろから暖簾をくぐった。

すぐに、背後で足音がし、男たちが血相を変えて戸口まで追ってきた。

安兵衛が前に立ち、お春のそばに又八が寄り添うように立ち、後ろに玄次がついた。外にも、数人の男たちがいた。湊川屋の奉公人だけではないようだ。雲助らしい半裸の男もいたし、大刀を落とし差しにした無頼牢人らしい男もいた。騒ぎを聞きつけて集まったのだろうか。それにしては集まるのが早すぎるし、殺気立った雰囲気がただよっているのも気になった。

「前をあけろ！」

安兵衛が大声を上げると、男たちは後ろに身を引いて道をあけた。

店先から安兵衛たちが離れると、男たちは後を追ってきた。ひとりふたりと人数が増え、いつの間にか十人ほどになっている。手に天秤棒や長脇差を持っている者もいた。しかも、足を早めて、安兵衛たちに迫ってきたのだ。

……こいつら、野次馬じゃァねえ！

人数が集まるのを待ってから、攻撃するつもりだったのだ。

四人が中の橋を過ぎて、川沿いの通りへ出たときだった。右手の町家の陰から男がふたり姿をあらわした。町人と武士である。

中背の男が六尺棒を持っていた。いっしょにいる武士は黒布で顔を隠していたが、その体軀に見覚えがあった。

……永吉と室岡だ！

安兵衛は、すぐに状況を察した。

彦蔵たちは安兵衛たちの動きを察知し、品川宿で始末してしまおうと、室岡と永吉をよこしたにちがいない。そして、ふたりだけでは分が悪いとみて、宿場の荒くれどもを金で買ったのだろう。

「又八、お春を舟まで連れて行け！」

安兵衛は足をとめた。ここで、男たちを食い止めねば、お春を連れて舟までたどりつけないだろう。

「合点でさァ」

又八は、お春の手を引いて走った。

玄次も立ち止まり、後ろ帯に挟んでいた十手を抜いた。安兵衛といっしょに戦うつもりのようだ。

バラバラと男たちが駆け寄ってきた。いずれも血走った目をしている。棒や長脇差を手にし、安兵衛と玄次の前に集まってきた。それを見て、永吉と室岡もゆっくりとした足取りで近寄ってきた。

「ここは、通さねえぜ」

安兵衛は、両袖をたくし上げて抜刀した。

右手だけで柄を握り、八相のように刀身を高くして身構えた。顔が紅潮し、双眸が炯々《けいけい》とひかっている。

「殺っちまえ！」

牢人ふうの瘦身の男が、甲走った声を上げた瞬間だった。

安兵衛が突進しざま、牢人の肩口に刀身を振り下ろした。意表を突く、一瞬の袈裟斬りである。

牢人はかわす間がなかった。わずかに身を反らせた牢人の肩口へ、安兵衛の斬撃が入った。肩口から胸にかけて着物が斜めに裂けて肌がひらき、血が飛び散った。牢人は絶叫を上げてのけ反った。

が、安兵衛の斬撃は浅かった。肌を裂いただけである。深く斬り込み骨肉を断とうとすれば、動きがとまる。そのため、わざと浅く斬ったのだ。

牢人を斬った次の瞬間、安兵衛は身をひるがえして、右手から迫ってきた半裸の男の右腕へ、下からすくい上げるように斬り上げていた。

上腕の肉がそげて、白い骨が覗いた。一瞬後、傷口から血がほとばしり出て右腕を真っ赤に染めた。

男は獣の咆哮のような呻き声を上げてよろめいた。

一瞬の動きで、安兵衛はふたりの男を斬っていた。ふたりとも致命傷ではないが、すぐに武器を手にできない部位を斬られていた。それに、恐怖と激痛とで戦う気力を失っている。

「かかって、きやがれ！」

安兵衛は動きをとめなかった。威嚇するように大声を上げ、白刃を振りかざして激しく動いた。

男たちは、安兵衛の果敢な動きと鋭い太刀さばきに驚怖し、取り囲んで戦うことも忘れて、逃げ惑っている。

これが安兵衛の集団を相手にしたときの戦い方だった。激しい動きのなかで、ひとりひとり仕留めていくのである。しかも、片手斬りのため、縦横無尽に刀を振りまわすことができる。相手に致命傷を与えるような斬撃を生むのはむずかしいが、集団との戦いはこれでじゅうぶんなのだ。

「逃げるな、取りかこむんだ！」

永吉が苛立ったように声を上げた。

だが、恐怖にかられた男たちは、逃げまわるだけである。所詮、金で買われた宿場のごろつきである。はじめから、命を賭《と》して戦う気などないのだ。

「おれが、相手だ」

室岡が抜刀して、安兵衛の前に歩を寄せてきた。

永吉も六尺棒を手にして近寄ってきた。

「てめえの相手は、おれだ」

永吉の前に、玄次が立ちふさがって十手を構えた。

三

室岡は八相に構えた。遊喜楼のちかくで立ち合ったときと同じ構えである。双眸がうすくひかり、猛禽《もうきん》を思わせるような目で安兵衛を見すえている。

安兵衛との間合はおよそ三間。まだ、遠間《とおま》である。

「神道無念流か」

室岡がくぐもった声で訊いた。どうやら、安兵衛のことを知っているようである。

「おれの流儀は、無手勝流よ」

そう言って、安兵衛は柄を握った右腕に、フーと息を吹きかけた。すると、赭黒く紅潮した肌がうすれ、顔から猛々《たけだけ》しさが消えていく。異常に昂《たかぶ》っていた気がいくぶん鎮まったのである。

「きやがれ！」

安兵衛は挑発するように、だらりと刀身を足元に垂らした。

「いくぞ」

室岡はすこしずつ間合をつめ始めた。

間合がつまるにしたがって、室岡の体に気勢が満ち、気魄がみなぎって押しつぶすような威圧が生じた。

安兵衛は室岡との間合がつまるに合わせて、ゆっくりと切っ先を上げて青眼に構えた。両肩の力を抜き、わずかに踵《かかと》を浮かせる。こうすると、斬撃の起こりが迅《はや》くなるのだ。実戦のなかで会得した安兵衛の青眼の構えである。

ジリジリと室岡が間合をつめてきた。両者の気勢がさらに高まり、斬撃の気配がみなぎってくる。

室岡の右足が斬撃の間境を越え、寄り身がとまった。ふたりは気魄で攻め合い、いっとき動きをとめていた。気合も牽制もない気の攻防である。

数瞬が過ぎた。潮合《しおあい》だった。

ピクッ、と室岡の左拳が動き、刀身が陽を反射《はね》た。

刹那、両者から鋭い剣気が放射された。

イヤアッ！

タアッ！

ほぼ同時に、ふたりは鋭い気合を発し、斬り込んだ。

室岡が八相から袈裟に。

安兵衛は平青眼から敵の真額へ。

ふたりの刀身が眼前で合致し、重い金属音がひびいた。ふたりは敵の刀身を鍔《つば》で受けたまま動きをとめた。鍔迫り合いである。

が、鍔迫り合いは一瞬で、両者はお互いに相手を押して、背後へ跳んだ。

次の瞬間、安兵衛は地を蹴って、前へ跳んだ。上体を前に倒すようにして、室岡の手元へ斬り込む。

その切っ先が、八相に構えようとした室岡の右籠手《こて》を浅くとらえた。手の甲の肉が削げて骨が覗いたが、すぐに血に染まった。

室岡は驚愕に眼を剝いて後じさった。傷を負ったことより、通常の刀法の構えや太刀さばきにこだわらない安兵衛の敏捷な動きに驚いたようだ。

敵との間合があいたのを見て、安兵衛は玄次の方に目をやった。

……まずい！

玄次が永吉に攻めたてられていた。

六尺棒の攻撃に、十手では太刀打ちできないらしく、川岸まで追いつめられている。

すぐに、安兵衛は永吉の背後に疾走した。室岡を討つことより、玄次を助けるのが先だった。室岡は目をつり上げて、安兵衛の背後から追ってくる。

そのとき、永吉が振り返った。背後から迫る安兵衛の足音を耳にしたようだ。

安兵衛は刀を振り上げ、凄まじい形相で走り寄った。その姿を見て、永吉の腰が引けた。安兵衛の迫力に気圧されたようだ。

イヤアッ！

裂帛《れっぱく》の気合を発して、安兵衛は右手で握った刀を横に払った。走りざまの片手斬りである。

にぶい骨音がして永吉の右手がだらりと下がり、六尺棒が足元に落ちた。安兵衛の一颯《いっさつ》が、皮だけ残して腕を切断したのだ。

ギャッ！と凄まじい絶叫を上げて、永吉がよろめいた。そして、反転すると逃げだした。切断された腕から流れ出た血が、地べたに赤い線を引いていく。

それを見た室岡も足をとめてきびすを返した。状況が不利と判断し、この場を逃げる気になったようだ。

安兵衛は逃げる室岡と永吉を追わなかった。すこし離れた家屋の陰にごろつきや湊川屋の男衆と思われる者たちが残っていて、ふたりがそっちへ逃げたからである。それに、お春と又八がどうなったか、それも気がかりだった。

「玄次、大事ないか」

「へい、肩を殴られただけで」

玄次は左肩を右手で押さえて苦笑いを浮かべた。

「舟へもどるぞ」

安兵衛は血刀をひっ提げたまま駆けだした。

玄次も後を追って駆けてきた。ごろつきや湊川屋の男衆たちは追ってこなかった。その場に、つっ立ったままふたりの背を見送っている。

すでに、又八とお春は舟に乗っていた。ふたりは船底に肩を並べて腰を下ろしていた。又八が勝手にそうしているようだったが、お春も嫌そうな顔はしていなかった。舟は川下にむき、艫に立った梅吉が竿を握って待っている。

「旦那、早く！」

又八が声を上げた。

安兵衛と玄次は、石垣の際から舟に飛び乗った。

ふたりを乗せると、舟はすぐに岸から離れた。そのまま江戸湊へ下り、大川をさかのぼって笹川へもどるつもりだった。

船底に、お春が両腕で胸を抱くようにしてうずくまっていた。肩に梅吉が着用していた笹川の屋号の入った半纏をかけていた。梅吉がかけてやったのだろう。やつれてはいたが、いくぶん元気を取り戻したようで、目にはいつものお春らしいかがやきがあった。

又八はぴったりとお春に身を寄せて、その身を守るように腕を背中にまわしている。

笹川の桟橋に着くと、お春と梅吉は涙声で安兵衛と玄次に何度も礼を言った。

「しばらく、養生することだな」

そう言って、安兵衛はお春と梅吉を見送った。

「あっしが、家まで送ってきますぜ」

又八はそう言って、勝手にお春と梅吉の後についていった。

お春が回復するまで、笹川の勤めは休むことになるだろう。その間に、安兵衛たちにはやることが残っていた。まだ、お春を助け出しただけで、連れ去られた他の女たちも彦蔵一味もそのままだった。放置すれば、これからも浅草界隈の女を連れ去るだろうし、まちがいなく安兵衛たちの命を狙ってくるはずだった。

四

小体な八百屋と瀬戸物屋の間に、路地木戸があった。浅草黒船町、裏通りの狭い路地である。あまり人通りはなく、ときおりぼてふりや長屋の女房らしき女が通るだけでひっそりとしていた。

路地木戸の斜向かいの板塀の陰に、安兵衛と玄次が身を隠していた。

「それで、平助はいるのだな」

安兵衛が訊いた。

路地木戸を入った先にある棟割り長屋が、平助の住居だという。平助は年老いた母親とふたり暮らしだったが、三年ほど前に母親が死に、いまは独り身とのことだった。

「おりやす。瀬戸物屋の親爺の話だと、半刻（一時間）ほど前《めえ》に、木戸から入る平助の姿を見かけたと言ってやしたから」

玄次は先に来て近所で聞き込み、平助の所在を確認してから安兵衛を呼んできたのである。

「ここで待っていても、埒《らち》があかぬな」

平助がいつ出てくるのか、当てがなかった。

「長屋に踏み込んで、押さえやすか」

「そうしよう」

多少、抵抗するだろうが、ふたりがかりなら逃がすこともないだろうと思った。

安兵衛が板塀の陰から路地へ出ようとしたとき、ふいに路地木戸から痩身の男が出てきた。縞柄の着物を尻っ端折りし、黒股引に草履履きだった。平助である。安兵衛も平助が伝蔵といっしょに歩いている姿を何度か見かけたことがあったので知っていたのだ。

「待て」

安兵衛は玄次を制し、慌てて板塀の陰へ身を隠した。

「どうしやす?」

「人のいねえところまで尾けるか」

通りで騒ぎを起こしたくなかったし、その後、口を割らせるためにも人影のないところの方が都合がよかった。

安兵衛と玄次は、平助をやり過ごしてから路地へ出た。

どこへ行くつもりなのか、平助は足早に路地を歩いていく。

路地を抜けた先が大川端だった。曇天のせいか、川面は鉛色を帯びていた。風があり、ちいさな波頭が無数に立ち、物悲しい音をひびかせていた。人影はなく、風音と岸辺を打つ波の音だけが聞こえている。

平助は大川端を駒形町の方へ歩いていく。

「やろう、あっしらの様子を探りにいくつもりなんですぜ」

玄次が平助を睨みながら言った。

「ここらで、押さえるか」

「へい」

「玄次、脇道を通って、やつの先へまわってくれ」

「承知しやした」

すぐに、玄次は安兵衛のそばを離れ、右手の路地へ駆け込んだ。

安兵衛は町家や路傍の樹陰などに身を隠しながら平助の跡を尾けた。二町ほど尾けたとき、平助の前方に人影があらわれた。玄次である。玄次は足早にこっちへむかって歩いてくる。

安兵衛は走りだした。平助との間をつめて、別の路地へ駆け込まれるのを防ぐためである。

平助が足をとめた。前からくる玄次に気付いたようだ。平助は逃げ場を探すように左右に目をやった。右手は大川、左手は町家の板塀だった。

ふいに、平助が反転した。来た道を引き返そうとしたようだ。

だが、その足もすぐにとまった。前から、駆け寄ってくる安兵衛の姿を目にしたのである。

「ちくしょう！」

平助は叫び声を上げて、左手の板塀に飛び付いた。

越えようとしたようだが、高過ぎて塀の上になかなか足がかからない。足をバタバタさせているところへ、玄次が駆け寄った。

「往生際《わり》が悪いぜ」

玄次は平助の腹のあたりに抱きつき、塀から引き離そうと引っ張った。

「手を、離せ！」

平助は塀にしがみついてなかなか離れなかったが、手がはずれ、ふたりは勢いあまって地べたに折り重なって倒れた。

跳ね起きた平助は、ふところから匕首を取り出した。

「こ、殺してやる！」

平助の顔が蒼ざめ、構えた匕首の切っ先が震えていた。細い目がつり上がり、歯を剝き出している。逆上しているようだ。

「匕首を捨てろ！　じたばたするんじゃァねえ」

弦次は十手を手にして、後じさった。獲物を手にした男が逆上したときの怖さを知っているのだ。

「そこを、どけ！」

平助は匕首を構えて、体ごとつっ込んできた。

玄次は大きく脇へ跳んでその攻撃をかわしたが、前があいた隙をついて平助が突進した。そのまま玄次の脇を走り抜けて逃れようとしたのだ。

「そうは、させぬ」

走り寄った安兵衛が、手にした刀を横に払った。

グッ、という喉のつまったような呻き声をもらして、平助の上体が折れたように前にかしいだ。安兵衛の峰打が腹に入ったのだ。

よろよろと前に泳いだ平助は腹を押さえて、がっくりと両膝をついた。平助はうずくまったまま動かなかった。顔が蒼ざめ額に脂汗が浮いている。峰打だが、強い打撃だったため、肋骨《ろっこつ》が折れたのかもしれない。

「玄次、そいつを連れてきてくれ」

安兵衛は板塀の先に笹藪があるのを目にして言った。

いまは通りに人影はないが、いつ、通りかかるか分からない。道端で話を聞くわけにもいかなかったのである。

五

玄次は平助の帯をつかみ、抱え上げるようにして笹藪の陰に平助を連れてきた。そして、笹藪のそばにしゃがませると、

「平助、おめえ、十手が泣いてるぜ」

玄次が、平助を睨みながら低い声で言った。

平助は腹を押さえたまま怯えたように顔をゆがめていた。さっきまでの狂気じみた表情が消えている。

「おめえ、彦蔵とどこで知り合ったんだい」

「し、知らねえ。彦蔵などという男は、会ったこともねえ」

平助は声を震わせて言った。

「白を切っても無駄だよ。おめえが、旦那やおれの跡を尾けまわし、彦蔵に知らせていたのは分かってるんだ」

玄次は凄みのある声で言った。

安兵衛は黙っていた。ここは、玄次にまかせるつもりだった。

「おれは、おめえたちの跡を尾けたことなどねえ」

「それじゃァ、旦那と又八が品川へ行った日、京橋まで尾けて能登屋にいる者に知らせたのはだれだい」

玄次は能登屋に彦蔵がいたかどうか確認してなかったので、彦蔵の名は出さなかった。

「…………！」

平助は驚いたように目を剝いた。そこまでつかまれているとは思わなかったのだろう。

「おめえも、十手を持つ身なら知ってるだろう。彦蔵たちは何人も娘を勾引《かどわ》かして売ったんだぜ。打ち首、獄門はまちげえねえだろう。おめえも一味なら、同罪だぜ」

玄次は平助を見すえて言った。

「…………」

平助の顔から血の気が引き、体が顫えだした。

「しゃべらねえなら、倉持の旦那に頼んで拷問《せめ》にかけるが、どうだ」

「ひ、彦蔵に頼まれて、旦那たちの様子を知らせただけだ」

平助が声を震わせて言った。

「彦蔵とどこで知り合ったんだい」

玄次が、もう一度訊いた。

「女郎屋だ」

平助によると、深川の女郎屋で遊んだとき、永吉と知り合い彦蔵を紹介されたという。当初は女郎屋の遊女のことを聞かれたり、酒を飲ませてもらったりするだけだったが、そのうち遊び代を一両、二両と借りるようになり、彦蔵の要求を断れなくなったという。

「で、でもよ、おれは女をさらうのに手を貸しちゃァいねえぜ。旦那たちが、どこへ行ったか話しただけだ」

「そうかい。……それで、能登屋には彦蔵の他にだれがいるんだい」

玄次が訊いた。

「女将のおもん、永吉とお峰、藤六、それに船頭役の留次郎《とめじろう》ってえ若いやつで」

おもんは彦蔵の情婦だという。また、お峰も永吉の情婦で、いまは能登屋で手伝っているそうである。

「一味が、そっくり集まってるじゃァねえか」

おそらく、永吉と藤六が隠れ家に使っていた三升屋と冬木町の仕舞屋を放棄せざるをえなくなったため、一時的に能登屋に集まったのであろう。

「永吉と彦蔵はどこで知り合ったのだ」

「くわしいことは知らねえが、永吉が彦蔵と初めて会ったのは賭場だと言ってやしたぜ」

平助によると、賭場で負けがこんだとき、隣に座った彦蔵に駒をまわしてもらったのが、知り合うきっかけだったようだ。その後、彦蔵の女衒の仕事を手伝うようになったらしいという。

「永吉は、妙な棒を遣うが」

「あれは、餓鬼のころ見て覚えたと聞きやしたが」

永吉が住んでいた長屋のちかくに剣のほかに杖や薙刀《なぎなた》などまで教える剣術道場があり、杖術を見様見真似で覚えたらしいという。平助が聞いたところによると、永吉はぼてふりの倅だったので、剣や薙刀の術を習ってもしかたがないと思い、家にある天秤棒を振りまわして杖術を身につけたそうである。門前の小僧、習わぬ経を覚える、といった類であろう。

そのとき、黙って聞いていた安兵衛が、

「室岡源次郎は」

と、訊いた。

「室岡の旦那も、能登屋に顔を出しやすが、宿は別でして」

「どこで暮らしている」

「神田岩本町の借家で」

浜村《はまむら》屋という太物問屋の裏手なので、行けば分かるとのことだった。

「それで、伝蔵もおまえのことは知っているのか」

つづいて安兵衛が訊いた。

「い、いや、親分は何も知っちゃァいねえ」

平助は慌てて言った。

「そうだろうな」

安兵衛も、伝蔵がかかわっているとは思わなかった。伝蔵が彦蔵とつるんでいたら、縄張内の浅草の女ではなく、別の町を狙っただろうと思ったのだ。縄張内で女が連れ去られるという事件が頻発して下手人が捕らえられなければ、自分の顔がつぶれるからである。

「彦蔵とは、金輪際会わねえ。だから、今度だけは見逃してくれ」

平助が安兵衛に手を合わせ哀願した。

「おれが見逃しても、彦蔵や八丁堀が黙ってはいまいな。彦蔵は恐ろしい男だぞ。おまえ、茂太を知ってるだろう。やつを見逃してやったのはいいが、三日と経たぬうちに始末されたよ」

「…………！」

平助の顔がひき攣《つ》った。

「それに、彦蔵一味がお縄になれば、おまえのことを吐くぞ。そうすれば、一味とみなされて獄門台行きだ」

「あ、あっしは、どうすりゃァいいんで」

平助は不安そうに顔をゆがめた。

「どうにもならぬな。自業自得だ」

安兵衛が、もう行ってもいいぞ、と言うと、平助は腹を押さえて立ち上がった。

ふらふらと通りへ出て、長屋のある黒船町の方に歩いていく。

「やつを、見逃してもいいんですかい」

平助の後ろ姿に目をやりながら玄次が訊いた。

「かまわぬ。……あいつは、八丁堀の手で首を斬られるか、それとも江戸から逃げ出すか。いずれにしろ、二度とあいつの顔を見ることはあるまい」

そう言って、安兵衛は駒形町の方へ歩き出した。

六

平助の口を割らせた翌日、安兵衛はひとりで神田松永町に出かけた。

安兵衛は根岸又四郎《ねぎしまたしろう》という男と会って、室岡のことを訊いてみようと思ったのだ。根岸は安兵衛が九段にあった斎藤弥九郎の練兵館に通っていたころ同門だった男で、若いころは剣を競いあった仲であった。

根岸は二百石の旗本の嫡男でいまは家督を継ぎ、剣もやめてしまったが、室岡が通っていた心形刀流の伊庭道場の近くに屋敷があったので、話を聞いてみようと思ったのだ。根岸は小普請だったので、屋敷内にいるはずである。

安兵衛はめずらしく羽織袴姿で二刀を帯びて来ていた。旗本の屋敷を訪ねるとなると、無頼牢人のような格好では気がひけるのだ。

ただ、顔がすこし赭黒かった。お春を助け出したこともあって、昨夜、お房を相手に遅くまで飲んだのだ。その酔いが、まだ残っていたのである。

安兵衛は玄関先に姿を見せた若党に、

「長岡安兵衛でござる。根岸どのに、お取り次ぎくだされい」

と、慇懃《いんぎん》な口調で言った。

「どのような、ご用件でございましょうか」

初老の若党は、訝しそうな目で安兵衛を見ながら訊いた。酒の臭いでも、嗅ぎ取ったのかもしれない。

「九段の道場で、共に稽古に励んだ者と伝えていただければ分かるはず」

安兵衛は、根岸家に長年仕えている者なら根岸が若いころ練兵館に通っていたことを知っているだろうと思った。

「しばし、お待ちを」

そう言い残して、若党はすぐに屋敷内にもどった。

玄関先でいっとき待つと、でっぷり太った大柄な武士をひとり連れてもどってきた。根岸である。

根岸は若いころも肉付きはよかったが、当時よりひとまわり肥えていた。顎のあたりの肉が二重になり、太鼓腹が突き出ていた。剣術の稽古は、しばらくやってないようである。

「おお、長岡か。めずらしいな」

根岸は、安兵衛を見て驚いたように目を剝いた。無理もない。四、五年ちかくも顔を合わせていない男が、ひょっこり訪ねて来たのである。

「息災そうではないか」

「見たとおり、暇でな。……で、何の用だ」

根岸が声をあらためて訊いた。

「ちと、訊きたいことがあってな」

「そうか。まァ、入ってくれ」

そう言って、根岸は庭の見える座敷に安兵衛を招じ入れた。

下女が用意した茶をすすった後で、

「室岡源次郎という男を知っているか」

と、安兵衛が話を切り出した。

「室岡……。聞いたことはないが」

根岸は首をひねった。

「伊庭道場の門弟だった男だ」

安兵衛は、室岡が賭場などにも出入りする無頼牢人らしいことや心形刀流の遣い手であることなどを話した。

「その男なら知っている。ただし、噂を聞いたことがあるだけだがな」

そう言って、根岸は顔をしかめた。

根岸によると、室岡は生まれながらの牢人で、父親は辻講釈などをして暮らしをたてていたという。父親はまずしい暮らしのなかで、倅の室岡には何とか剣で身をたてさせてやりたいと、子供のころから伊庭道場に通わせたそうである。

ところが室岡が二十歳のころ、父親が病死して暮らしの糧を失ったため道場へ通えなくなってしまった。室岡は老いた母親を養うため当初は日傭取りなどをしていたが、母親の死後、しだいに暮らしが荒れ、強請たかりや賭場の用心棒などをやるようになったそうである。

「辻斬りをやってるのではないか、との噂もあるのだ」

根岸は声を落として言った。

「家族は」

「独り身だ。ところで、おぬし、なんで室岡のことなど訊くのだ」

根岸は安兵衛に目をむけた。

「おれの知り合いの娘がな、やつにさらわれてひどい目に遭ったのだ。それで、どんな男かと思ってな」

安兵衛は、曖昧な言い方をした。

「気をつけろ。やつはできるぞ。伊庭道場の門弟の話では、若いころは出色の腕だったそうだからな」

根岸は安兵衛が室岡と立ち合う気でいるのを察知したようだ。

「分かっている。油断はすまい」

腕のほどは分かっていた。安兵衛は、室岡と二度立ち合っていたのだ。安兵衛が訊きたかったのは、室岡の家族や暮らしぶりだった。

……心置きなく斬れるようだ。

と、安兵衛は思った。かなりの悪人のようだし、室岡が死んで泣きをみる家族もいないようだ。

「邪魔したな」

安兵衛は立ち上がった。それ以上、訊くこともなかったのである。

玄関先まで送って出た根岸が、

「おぬし、相変わらずのようだな」

と、鼻をヒクヒクさせながら言った。

酒の臭いを嗅ぎ取ったらしい。根岸は、安兵衛が飲んだくれのため練兵館での稽古がつづけられなくなったのを知っているのだ。

「おぬしも、すこし体を動かした方がいい。そのうち、己で尻も拭《ふ》けなくなるぞ」

そう言って、安兵衛は根岸の太鼓腹を手でたたいた。

「いらぬお世話だ」

根岸は憮然とした顔で言った。

七

安兵衛は神田松永町から駒形町までもどり、笹川の格子戸をあけた。まだ、暖簾は出ていなかった。昼前である。

追い込みの座敷にふたりの男が腰を下ろして、茶を飲んでいた。玄次と定廻り同心の倉持信次郎である。

「長岡さん、邪魔をしてるぜ」

倉持は座したまま言った。町方同心らしい伝法な物言いである。顔が大きく眉が濃い。いかつい顔をした三十がらみの男である。定廻り同心のなかでは、やり手で通っていると玄次から聞いていた。

「彦蔵一味のことで、話があるそうで」

玄次が小声で言った。困惑したような顔もしてないので、それほど悪い話ではないようだ。

「店先で話すのも商売の邪魔になるし、おれは喉が渇いた。……倉持どの、酒は」

安兵衛は左手で杯を干す真似をした。

「おめえさんほどじゃァねえが、すこしはな」

倉持は苦笑いを浮かべた。安兵衛が飲ん兵衛であることを知っているようだ。

「それで、決まった」

安兵衛はすぐに帳場に行って、お房に話し、奥の座敷に三人分の酒を用意するように頼んだ。

三人が奥の座敷に腰を落ち着けると、

「玄次から、あらまし話は聞いたぜ」

と、倉持が切り出した。

「そうか、なんとか、お春を取りもどしたかったのでな」

安兵衛は、いずれ倉持から何か話があるだろうと思っていたので驚かなかった。

お春を助け出した後、安兵衛は玄次と相談し、彦蔵一味を捕らえるのは倉持にまかせようということになったのだ。それというのも、玄次に彦蔵たちを捕縛する権限はなかったし、安兵衛が乗り込んで皆殺しにすることもできなかったからである。ただ、安兵衛は室岡だけは自分の手で斬りたいと思っていた。二度も剣を合わせていたし、ひとりの剣客として決着をつけたかったのである。

「それにしても、品川くんだりまで出かけて派手にやってくれたじゃァねえか」

倉持は苦々しい顔をしたが、目は笑っていた。

「なに、宿場の雲助どもがからんできたので、脅して追い払っただけだ」

事実、安兵衛たちは湊川屋の者をひとりも手にかけていなかった。

「まァ、いい。ところで、彦蔵たちのことだが、ここから先は町方にまかせてもらいてえな」

倉持は笑いを消して言った。

「おれもそのつもりだが、まごまごしてると、姿を消してしまうかもしれんぞ」

安兵衛たちが品川へ出かけて、三日経っていた。当然、彦蔵は町方の動きを探っているはずである。

「おめえさんに、心配してもらうまでもねえよ。……玄次から話を聞いたその日のうちに、日本橋の能登屋には、手先を張り付けてある」

倉持がそう言ったとき、お房が年配のおとよという通いの女中といっしょに酒肴の膳を運んできた。肴は鯛の刺身、浅利と葱《ねぎ》の煮物、それに香の物だった。煮物は客に出すために仕込んであったものだろう。

お房とおとよが座敷から去り、安兵衛と倉持が一献酌み交わした後、

「旦那、彦蔵ですが、まだ町方が能登屋にまで目をつけたとは思ってねえようですぜ」

と、玄次が口をはさんだ。

玄次によると、助け出されたのがお春だけだし、乗り込んだのが安兵衛たちだけなので、町方の探索は身辺まで迫ってないとみているらしいという。

「それに、おれたちを探っていたやつからも、町方の動きは伝わってたでしょうからね」

玄次は小声で言い足した。平助の名を口にしなかった。倉持にも伝えるつもりはないようだ。

「だがな、彦蔵はすぐに気付くぜ。店を見張っている手先も、そのうち目にするだろうからな」

そう言って、倉持は手酌で猪口に酒をついだ。案外いける口らしい。

「まァ、気付くだろうな」

「それで、明日にも捕るつもりなのだ。いろいろ動きまわってくれたおぬしに内緒で、彦蔵たちをしょっ引いちゃァ悪いと思ってな、こうして、筋を通しに来たわけよ」

そう言って、倉持は銚子を取り、安兵衛の猪口に酒をついだ。

「なるほど、そういうことか」

倉持が玄次を連れて、笹川に来た理由が分かった。

「ところで、室岡はどうする?」

安兵衛が訊いた。室岡は遣い手である。町方が捕縛するとなると、捕方から犠牲者が出るだろう。

「能登屋にいれば、いっしょに挙げるが、岩本町の塒にいれば、捕方を二手に分けて同時に襲うことになろうな」

倉持は平然として言った。どうやら、室岡が心形刀流の遣い手であることまではつかんでいないようだ。

「そういうことなら、おれは見物に行こう」

やはり、室岡は自分の手で斬ろう、と安兵衛は思った。おそらく、町方は室岡の捕縛にてこずるだろう。死人や怪我人が出るかもしれない。捕物の場へ、偶然通りかかったことにして室岡を斬れば、倉持や町方の顔もつぶれないだろうと思ったのだ。

「おい、いらぬ手出しはするなよ」

倉持が安兵衛の心底を探るような目をした。

「むろん、邪魔はせぬ」

そう言って、安兵衛は倉持の猪口に酒をついでやった。

それから小半刻（三十分）ほどして、倉持は腰を上げた。明日の捕物のこともあり、適当に酒は切り上げたようだ。ほとんど顔色も変わらなかった。

安兵衛は倉持を戸口まで送って出る途中、玄次に身を寄せて、

「おい、平助はどうしてる？」

と、小声で訊いてみた。

「やつは、姿を消しちまいやしたぜ。彦蔵たちがお縄になる前に、江戸から逃げるつもりかもしれやせん」

玄次が安兵衛の耳元で言った。

「そうだろうな。……玄次、すまぬが、明日、町方の動きを知らせてくれ」

「分かってやすよ」

そう言い残して、玄次は倉持の後について戸口から出ていった。

第六章　喧嘩殺法

一

「旦那、まだ、ですかね」

又八がこわ張った顔で訊いた。

昨夜、又八は安兵衛から、明日のうちに町方が能登屋と岩本町の借家を襲い、彦蔵一味を捕縛すると聞いて、ぼてふりの商売を早めに切り上げて、笹川につめていたのだ。

「まだだよ。玄次が、八ツ（午後二時）ごろじゃァねえかと言ってたぜ」

玄次によると、当初倉持は彦蔵たちの捕縛を早朝にしようか能登屋に客が入る前の八ツごろにしようか迷ったというが、結局八ツに決めたという。

倉持にすれば、巡視の途中に内偵していた彦蔵一味に気付き、急遽《きゅうきょ》捕方を集めて捕縛したことにしたかったようだ。

これだけの捕物となると、同心も当番与力に上申し、与力の出役をあおがなければならなくなる。ただ、そんなことをしていれば、彦蔵たちに町方の動きを察知されてしまうだろう。大勢で能登屋と借家を取りかこんだときは、もぬけの殻ということにもなりかねないのだ。

それで、巡視の途中ということになったらしいが、そのためには、早朝というわけにはいかないのである。

「あっしも、何か手伝いてえんで」

又八が言った。

「その前に、腹ごしらえをしておこう」

安兵衛は、そばにいたお房に、茶漬けでも作ってくれ、と頼むと、

「すぐ支度するけど、旦那、あぶないことはないんでしょうね」

と、心配そうな顔をして言った。お房は、安兵衛たちがお春を助け出してから、事件に首をつっ込むのを喜ばなくなった。

「なに、おれたちは見物するだけだよ」

「それならいいんだけど」

お房は、不安そうな顔をしたまま板場へむかった。安兵衛が、お春をつれ去った者たちと斬り合いでもするのではないかと心配しているのだ。

玄次が笹川に駆け込んできたのは、茶漬けを食い終えて、半刻（一時間）も経ってからだった。

「旦那、倉持の旦那が能登屋へむかいやしたぜ」

玄次が息をはずませて言った。

「よし、行くぞ」

安兵衛は朱鞘の大刀を腰に帯び、玄次につづいて笹川を飛び出した。又八も顔を紅潮させてついてきた。

「岩本町にむかったのはだれだ」

二手に分かれるとなると、能登屋に倉持がむかい、岩本町は別の同心だろうと思っていた。当然、安兵衛は岩本町に駆け付けるつもりだった。

「それが、岩本町にはだれも行かねえんで」

駒形堂の脇の道を足早に歩きながら、玄次が言った。

「どういうことだ」

思わず、安兵衛は足をとめた。

「それが、室岡は能登屋にいるらしいんで」

「能登屋にいるのか」

「へい、四ツ（午前十時）ごろ、室岡がひょっこり能登屋にあらわれたと、見張りから倉持の旦那に知らせがあったそうでして」

玄次によると、岩本町には若い先崎《せんざき》という定廻り同心が捕方を連れて行くことになっていたが、急遽倉持とともに能登屋へむかうことになったという。

「そういうことなら、おれたちも能登屋へ行くことになるな」

安兵衛は歩きだしながら言った。

「へい、捕方は十五、六人ほど、いるそうで」

捕方は倉持と先崎に仕えている小者と中間、それに手先の岡っ引きと下っ引きたちだという。

「それだけいれば、取り逃がすことはあるまい」

捕縛するのは、彦蔵、藤六、永吉、お峰、おもん、留次郎、それに室岡である。室岡を除けば、永吉は右腕を失っているはずだし、彦蔵や藤六の捕縛にそれほど手間取るとも思えなかった。

安兵衛たちは千住街道から両国広小路へ出て、神田の町筋を日本橋小網町にむかった。

初夏を思わせるような強い陽射しが、通りを照らしていた。行き交う人々は陽射しを避けるために手ぬぐいや菅笠をかぶっている者が目についた。安兵衛たち三人は短い影を曳《ひ》きながら、通りを足早に過ぎていく。

やがて、三人は小網町に入り日本橋川沿いの通りへ出た。しばらく歩くと、玄次が足をとめて川岸に身を寄せた。

「旦那、あの店が能登屋で」

玄次が指差した。

通りに面した玄関先には植え込みがあり、籬《まがき》と石灯籠がすえてあった。料理屋らしいたたずまいである。

「倉持たちは」

安兵衛たちより遅くなるはずはないのだが……。見まわしても、店のちかくに町方らしい人影は見えなかった。

「あそこに、土蔵がふたつありやすが、あの陰に、倉持の旦那たちはいるはずなんで。それに、あの桟橋の猪牙舟《ちょき》にいるふたり。柳の影で莨《たばこ》をくゆらせているのも、町方の手先でして」

玄次が小声で言った。

能登屋の一町ほど先に、廻船問屋と思われる土蔵造りの店舗と土蔵が二棟並んでいた。その陰に倉持たちはいるらしい。さらに、能登屋の斜向かいの日本橋川に桟橋があり、そこに舫ってある猪牙舟に船頭の身装《みなり》をした男がふたりいた。そして、桟橋からすこし離れた岸辺の柳の樹陰で莨を吸っている男がひとりいた。三人は能登屋を見張っている町方の手先のようだ。

「そろそろ、仕掛けやすぜ」

玄次が小声で言った。

見ると、莨を吸っていた男が足早に土蔵の方へむかっていく。船頭の格好をしたふたりも舟から下りて、桟橋を陸の方へ歩きだした。

「もうすこし近付くか」

安兵衛はゆっくりした足取りで、能登屋の方に歩を寄せた。

日本橋川の川面を初夏らしい陽射しが照りつけていた。その黄金色にかがやく反照のなかを荷を積んだ猪牙舟や艀《はしけ》が、ゆったりと行き来している。川沿いの通りを、陽射しを避けるようにして風呂敷包みを背負った店者や町娘などが通り過ぎていく。いつもと変わらぬ昼下がりの光景である。だれも、大勢の町方がひそんでいることなど、思ってもみないようだ。

安兵衛たちは、能登屋が斜向かいに見える柳の樹影に立った。

二

土蔵の陰から、黄八丈の小袖に黒羽織姿の倉持が姿をあらわした。背後に五人ほど手先らしい男がしたがっている。捕物装束ではなかった。手先たちはいずれも着物を尻っ端折りし、股引姿である。巡視の途中で捕縛したことにするためであろう。

すこし間をおいて、もうひとり八丁堀ふうの身装の男が土蔵の陰からあらわれた。先崎という同心であろう。先崎も、六人手先をしたがえていた。やはり、手先たちはふだんの巡視のときの格好をしている。

桟橋にいたふたりと莨を吸っていた男が小走りに倉持に近付き、何やら耳打ちしていた。倉持がうなずいて、後ろから来る先崎たちを手招きすると、すぐに先崎たちが倉持のそばに駆け寄ってきた。

通りかかった男や女が、ふたりの八丁堀同心とその手先らしい男たちが集まっているのを見て異変に気付いたらしく、その場から小走りに逃げていく。

「始まるぜ」

安兵衛が小声で言うと、

「それじゃァ、あっしが様子を見てきやす」

そう言って、玄次がその場を離れた。

「親分、あっしも」

又八も目をひからせて、玄次の後について行った。

そのとき、倉持が右手を振った。すぐに、先崎が数人の手先を連れて能登屋の裏手に走り、残りは倉持とともに玄関先へ近付いた。

それを見て、安兵衛も樹陰を離れ、能登屋の玄関先へ歩を寄せた。

玄次は倉持の後ろについていた。その後方に、緊張した面持ちの又八がしたがっている。手先たちは、それぞれ袖をたくし上げ、十手や捕り縄を手にしていた。無言で足音を忍ばせて、戸口の周囲に集まっている。

「ごめんよ、いるかい」

格子戸をあけて、倉持が声をかけた。

土間の先に板敷きの間があり、その先が廊下になっていた。その廊下で雑巾《ぞうきん》掛けをしていた女中が、驚いたような顔をして腰を上げた。

「は、八丁堀の旦那……」

女中はうわずった声を上げ、雑巾を手にしたまま廊下を奥へ走っていった。

すぐに、奥で障子をあける音がし、彦蔵を呼ぶ女の甲高い声が聞こえた。つづいて、慌ただしい足音や男の叱咤《しった》する声が聞こえ、廊下の奥にふたりの男が姿を見せた。若い男と恰幅《かっぷく》のいい四十がらみと思われる男である。

若い男は留次郎かもしれない。四十がらみの男が彦蔵だろう。赤ら顔で、眉が濃く鼻の大きな男だった。唐桟《とうざん》の羽織に子持縞《こもちじま》の小袖という大店の旦那ふうの格好をしていた。

ふたりの男の後ろに、女の姿も見えた。さっきの女中と女将らしい身装の女が障子の間から首を出して、不安そうな顔でこっちを見ている。

「こ、これは、八丁堀の旦那、何かご用でございましょうか」

彦蔵らしき男が、愛想笑いを浮かべながら言った。だが、笑いがこわばっていた。倉持の後ろにいる捕方たちを見て、状況を察知したようだ。

「あるじの彦蔵か」

倉持が彦蔵を見すえながら質した。

「さ、さようでございますが、これは、いったい……」

彦蔵が声をつまらせて言った。

「お上のご用だ。いっしょに来い」

倉持の声には、有無を言わせぬ強いひびきがあった。

「そのようなことを、突然おっしゃられましても」

「身に覚えがあるだろう」

「ご、ございません」

彦蔵は後じさりし、ふいに、反転して奥へ走りだした。奥にいた女たちが悲鳴のような声を上げて、首をひっ込めた。

留次郎らしき若い男が腰をかがめ、握り拳をつくって身構えた。顔が蒼ざめ、両拳が震えている。親分が逃げるまで、捕方を通さぬつもりでいるようだ。

「踏み込め!」

倉持が捕方たちに顎をしゃくった。

どかどかと捕方たちが、板敷きの間から廊下へ踏み込んだ。

「ここは通さねえ!」

若い男が、踏み込んできた捕方のひとりの腰のあたりにむしゃぶりついた。

「てめえ、お上に逆らう気か」

叫びざま、捕方が手にした十手で男の肩口を殴りつけた。

ギャッ、と悲鳴を上げて、男は廊下に尻餅をついた。すかさず、別の捕方が男の肩を押さえつけて早縄をかけた。

「奥へ行け！　彦蔵を逃がすな」

倉持が声を張り上げた。

捕方たちが、いっせいに奥へむかった。


能登屋の裏口から藤六と永吉が飛び出してきた。ふたりは、戸口のまわりをかためている先崎以下数人の捕方を見ると、目をつり上げてふところから匕首を抜いた。その場を突破して逃げる気のようだ。

「捕れ！　召し捕れ！」

若い先崎が甲走った声を上げた。

捕方たちは、いっせいに動いて藤六と永吉を取りかこんだ。

御用！　御用！

と声を上げて、捕方たちは手にした十手をふたりにむけた。

「どけ！　そこをどきゃァがれ」

永吉が叫びながら左手に持った匕首をふりまわして、捕方の方へ突進した。

その捨鉢の攻撃に、捕方たちの囲みが割れたが、左手だけでふりまわす匕首に威力はなかった。捕方のひとりが、脇から永吉の左腕に十手をたたきつけると、匕首は永吉の手から離れて地べたへ落ちた。それを見てふたりの捕方が飛びかかり、永吉を取り押さえて縄をかけた。

藤六も抵抗したが、すぐに捕縛された。わめき声を上げながら、前に迫った捕方のひとりに匕首で切りかかったが、十手で受けられた。一瞬、動きがとまったところを十手で後頭部を殴られて失神してしまったのである。

その後、お峰が出てきたが、難なく捕方たちに取り押さえられた。

三

彦蔵とおもんは帳場にいた。倉持と捕方たちが踏み込んだとき、彦蔵が文机《ふづくえ》を台にして窓から外へ逃げようとしているところだった。

「捕れ！」

倉持が声を上げると、捕方のひとりが彦蔵の腰に飛び付いた。

彦蔵は窓枠に手をかけて、なかなか離れなかったが、別のひとりが窓枠にかけた彦蔵の手を十手で殴りつけると、捕方と折り重なって後ろに転倒した。

そのとき、倉持の脇にいた玄次が飛び付いて彦蔵の腕を後ろにねじ上げ、早縄をかけた。

おもんは、腰が抜けたように畳に尻餅をついたまま身を顫わせていた。そのおもんも捕方が縛りあげた。

「まだ、いるはずだ。奥を探せ」

倉持が指示すると、彦蔵とおもんの縄を持ったふたりを除き、三人の捕方が廊下へ出て奥へむかった。

捕方の足音がとまり、障子を蹴破るような音がした直後、けたたましい絶叫がひびいた。つづいて、障子をあけ放つ音、男の怒号、廊下を走る音などが起こった。

「どうした」

倉持が廊下へ出た。

玄次と又八も、飛び出した。

武士体の男がひとり廊下に立っていた。ふたりの捕方が逃げまどい、ひとりは呻き声を上げ、障子の倒れた部屋の隅にうずくまっている。

武士体の男は総髪で、顎のとがった鼻梁の高い顔をしていた。廊下のうす闇のなかで、双眸が餓狼《がろう》のようにひかっている。

室岡だった。血刀をひっ提げている。その右手の甲に白布が巻いてあった。安兵衛に斬られたためだが、刀をふるえるらしい。

「室岡、神妙に縛につけい!」

倉持が朱房の十手を室岡にむけた。

「町方などに用はない。そこをどけ」

室岡は血刀をひっ提げたままつかつかと近寄ってきた。

そのとき、右手の座敷にいた捕方のひとりが、御用だ! と叫びながら、室岡に十手で殴りかかった。

一瞬、室岡が体をひねりながら手にした刀を撥ね上げた。

甲高い金属音がし、十手が虚空に飛んだ。勢いあまった捕方は体勢をくずし、そのまま前に泳いで頭から障子につっ込んだ。バシャ、という音とともに、捕方は障子ごと座敷に倒れた。

室岡は捕方にはかまわず、倉持の方に迫ってきた。

「旦那、やつは長岡の旦那にまかせた方がいいですぜ」

後じさりながら、玄次が倉持に言った。

「お、おのれ！」

倉持は無念そうに顔をしかめ、後ろへ下がった。

安兵衛は能登屋の戸口に立ち、なかの様子をうかがっていた。男たちの叫び声や障子を蹴倒す音などが聞こえた後、廊下の先に倉持や玄次たちの姿が見えた。やり合っているのは、室岡らしかった。

いっときすると、玄次の後ろにいた又八が反転して、安兵衛の方に駆けてきた。

「だ、旦那、室岡だ！」

「そのようだな」

「つ、強え。旦那じゃァねえと、どうにもならねえ」

又八が目を剝いて言った。

「やつは、おれが斬る」

安兵衛がそう言ったとき、倉持と玄次がきびすを返して、戸口の方へ逃げもどってきた。

背後から室岡が迫ってくる。

「長岡か、いいところへ来た」

倉持が慌てて安兵衛の脇にまわり込んだ。

「ちょうど前を通りかかってな。騒がしいので、覗いて見たのだが、手を出してもいいかな」

「やむを得ぬ。こっちも、巡視の途中でな。手が足りぬ」

「斬ってもいいのか」

「手にあまったことにしておこう」

通常、町方は下手人を生け捕らねばならないが、相手が武器を持って抵抗する場合は、手にあまったと称して、斬ることもあった。

室岡が戸口に立ち、安兵衛と対峙《たいじ》すると、倉持と玄次たちは後ろへ下がった。

格子戸の前は小砂利が敷いてあり、足場は悪くなかった。それに、ふたりで立ち合うだけの間もある。

「今日は、決着をつけさせてもらうぜ」

安兵衛は抜刀し、柄を握った右腕に、フーと息を吹きかけた。すると、肌がいくぶん紅潮し、双眸がするどいひかりを帯びてきた。

「望むところだ。このままでは江戸を去ることもできぬからな」

どうやら、室岡はこの場を逃れて江戸を出る気でいるようだ。

「おれが、冥途《めいど》に送ってやるよ」

「たわごとをぬかすな」

室岡の細い目が、射るように安兵衛にそそがれていた。ゾッとするような酷薄なひかりが宿っている。

……こやつ、捨て身でくるぞ。

安兵衛は感知した。

室岡は二度の立ち合いで、身を捨ててかからねば、安兵衛は斬れぬと察知したにちがいない。

「いくぜ」

安兵衛は両肩の力を抜き、だらりと切っ先を下げた。

室岡は八相に構えた。刀身を立て、切っ先で天空を突くように高い八相に構えている。大きな構えである。しかも、一撃必殺の気魄が全身にみなぎっていた。

安兵衛は、ゆっくりと刀身を上げ、切っ先を敵の左目につけた。そして、切っ先を小刻みに上下させながら、両踵をかすかに浮かせた。切っ先を動かしたのは、敵に斬撃の起こりを読ませぬためと一瞬の反応を迅《はや》くするためである。

室岡は足裏をするようにしてジリジリと間合を狭めてきた。高い八相の構えには、巌《いわお》で押してくるような威圧があった。

ふいに、安兵衛が切っ先を下げ、一歩踏み込んだ。斬り込むと見せた誘いである。

刹那、室岡の構えに斬撃の気が疾《はし》った。

イヤアッ！

裂帛の気合と同時に、室岡が遠間から踏み込みざま斬り込んできた。

八相から袈裟へ。疾風迅雷の斬撃である。

間一髪、安兵衛は右手に跳んでかわしざま敵の籠手をねらって斬り上げた。次の瞬間、ふたりは交差し、大きく間を取って反転した。

安兵衛の肩先の着物が裂け、わずかに肌から血がにじんでいた。一方、室岡の右の手首にもうすい血の色があった。だが、ふたりともかすり傷である。

「初手は互角か」

安兵衛が歯を剝いて言った。強敵と対峙した昂《たかぶ》りで、双眸が爛々《らんらん》とかがやいていた。

「次は、仕留める」

室岡も高揚し、土気色だった肌が赭黒く染まっている。

「おもしれえ、容赦しねえぜ」

安兵衛は無頼漢のような物言いをし、ペッと右手に唾を吐きかけて柄を握りなおした。

ふたりは、ふたたび青眼と八相に構え合った。

が、今度は対峙したまま動きをとめてはいなかった。すぐに、安兵衛は、つ、つ、と足裏をすべらせて間合をつめていった。

一足一刀の間境に迫るや否や安兵衛が先に仕掛けた。突如、右手へ跳び、室岡の左籠手へ斬り込んだのである。

間髪を入れず、室岡が八相から袈裟に斬り込んできた。

と、安兵衛は籠手へ伸ばした刀身を斜めに撥ね上げた。袈裟に斬り込んできた室岡の刀身をすり上げ、室岡の体が前におよぐ一瞬をとらえ、左手を離し右手だけで刀身を横に払ったのである。安兵衛の得意な片手斬りだった。

安兵衛の体勢もくずれたが、切っ先が室岡の首筋をとらえた。神道無念流にはない刀法である。咄嗟に敵の動きに反応したのである。これが、安兵衛の喧嘩殺法だった。

室岡はだらりと刀身を下げたまま、その場につっ立った。首根から火花のように血が噴いた。室岡が左手で首を押さえると、指の間から飛び散った血が、顔や上半身を真っ赤に染めた。まさに、血達磨《ちだるま》である。

室岡は顔をゆがめ、呻き声を上げていた。血みどろの凄まじい形相である。数瞬、室岡はつっ立っていたが、朽ち木が倒れるように転倒した。

「旦那、でえじょうぶですかい」

玄次が安兵衛の肩口に目をやって訊いた。又八もそばに来て、顔をこわばらせて安兵衛に目をむけた。

安兵衛の大きな馬面が、返り血を浴びて赭黒く染まっていた。荒い息を吐き、目をギョロギョロさせている。

「なに、かすり傷だよ」

安兵衛は顔にかかった血をボリボリと掻き落とした。

四

「みんな、旦那のお蔭で」

梅吉が陽に灼けた顔をほころばせて、安兵衛の猪口に酒をついだ。

「二度と、今度のようなことはあるまい。安心して、お春を店に寄越すといい」

そう言って、安兵衛はうまそうに猪口の酒をかたむけた。

能登屋で彦蔵一味を捕縛し、室岡を斬ってから十日経っていた。明日から、お春が前と同じように笹川で勤めることになったのだ。

笹川の追い込みの座敷に、安兵衛、又八、梅吉、それにめずらしくお房もいた。四ツ

（午後十時）前である。今日はどういうわけか客が早く帰ったので、早々と暖簾をしまい、残った料理で一杯やっていたのだ。

「そりゃァよかった。お春ちゃんがくれば、この店も益々繁盛しますぜ。お春ちゃん目当ての客も多かったからねえ」

又八が目尻を下げて言った。

安兵衛は、お春が目当てで、店に入り浸っていたのはおめえだろう、と胸の内でつぶやいたが、口には出さず、

「まァ、飲め」

と言って、又八の猪口に酒をついでやった。

「ところで、彦蔵たちはどうなったんです」

お房が訊いた。

「一網打尽ってやつだ。いずれ、獄門さらし首だろうよ」

安兵衛は、玄次からその後の様子を聞いていた。

まだ、彦蔵一味は小伝馬町《こでんまちょう》の牢に入れられたままだが、彦蔵、藤六、永吉、留次郎の四人はまちがいなく獄門さらし首に処せられるそうである。ただ、お峰、おもんのふたりは、罪状によって遠島か重追放で済むかもしれないとのことだった。

「女をさらって売り払うなどと、ひどいことをしたんだからしかたがないね」

そう言って、お房も猪口の酒をかたむけた。

お房はあまり強くないが酒は好きで、店仕舞いすると、ときどき安兵衛に付き合って飲むのである。飲むと、色白のむっちりした肌が桜色を帯びてますます色っぽくなる。

「登勢さんは、どうして死んだんです」

お房が訊いた。

「登勢か。……永吉の話だと、さらって舟で運ぶ途中、逃げようとして川に落ちたのだそうだ」

安兵衛は、そのことも玄次から聞いていた。

「かわいそうなことをしたねえ」

そう言って、お房は眉宇《びう》を寄せた。

いっとき、安兵衛やお房が口をつぐんでいると、それまで黙って聞いていた梅吉が、

「それで、さらわれた女たちはどうなりやした」

と、口をはさんだ。

「帰ってきたようだよ」

玄次の話によると、彦蔵一味が捕らえられたことを知った女郎屋や子供屋は、累が己の

身に及ぶことと悪評判がたつことを恐れ、迎えにきた家族や縁者に進んで女たちを渡したという。ただ、おはまだけは、迎えに行く者もなかったこともあり自分で店に残ると言って、そのまま女郎屋にとどまったそうである。

「それじゃァ、清乃さんやお仙さんも、浅草に帰ってきたんだね」

「そういうことだ」

「みんな、辛い思いをしたんだろうねえ」

お房がしんみりした口調で言った。

「お春ちゃんもそうですぜ。この店にもどってきたらあっしらで、元気づけてやらねえといけねえ」

又八が勢い込んで言った。

「お春も、みんなにかわいがってもらって……。ありがてえこんで」

梅吉が涙ぐんで言った。

それから、小半刻（三十分）ほどして、梅吉が腰を上げ、

「だいぶ、遅くなりやしたんで、あっしはこれで」

そう言って、何度も安兵衛たちに頭を下げてから、店を出ていった。

又八はなかなか腰を上げなかった。飲むほどに顔が赤くなり、呂律《ろれつ》がまわらなくなって

くる。

安兵衛は又八が厠《かわや》に立った隙に、お房ににじり寄り、

「お満はどうしたな」

と、お房の耳元に顔を寄せて訊いた。

「もう、寝てますよ」

お房は素っ気なく言った。

「お房、ここしばらくご無沙汰だな」

安兵衛は、すばやくお房の尻に手をまわした。鼻の下が伸び、長い馬面の顔がよけいだらしなくなっている。

「ご無沙汰って、何のこと」

お房は白々しい顔をして、手酌で自分の猪口に酒をついだ。

「分かってるだろう。なっ……」

安兵衛は、お房に身を寄せて襟元から手を入れようとした。

「なに言ってるの、又八さんがいるでしょう」

そう言って、お房は安兵衛の手をたたいたが、その声には媚《こ》びるようなひびきがあった。

そこへ、又八が厠からもどってきた。腰がすこしふらついている。

「又八、だいぶ、飲んだようだな」

安兵衛は、ていよく又八を帰そうと思った。今夜は、お房とふたりだけで楽しみたいのである。

「でえじょうぶですよ、このくらいの酒。酔っちゃァいませんから」

そう言いながら、又八は手酌でついで、猪口をかたむけた。帰りそうな気配はない。

「又八」

安兵衛は又八に膝を寄せて言った。

「な、なんです、あらたまって」

「お春は、明日からこの店に働きに来るんだぞ」

「分かってやすよ」

「遅くまで酒など飲んでていいのか。お春はな、おれに、飲んだくれは嫌いだと言ってたぞ。明日、暗いうちに起きてだな。町内を売り歩いて一儲《もう》けした後、店に来れば、おまえを見るお春の目がちがってくると思うがな」

「…………」

安兵衛は又八の耳元でささやいた。

又八はハッとしたような顔をして手にした猪口を膳に置いた。

「もう、帰って寝た方がいいんじゃァねえのか」

安兵衛はくだけた物言いをして、又八を上目遣いに見た。

「そ、そうかもしれねえ」

又八は背筋を伸ばして店内に目をやり、もう、だれもいねえや、と言って、慌てた様子で立ち上がった。

「又八、大川に嵌《は》まるんじゃァねえぞ」

そう言って、安兵衛は格子戸をあけて又八を送り出し、戸口に心張り棒をかうと、帰《けえ》った、帰った、と言いながら、お房の脇に腰を下ろした。

「さァ、お房、ふたりだけだぞ」

さっそく、安兵衛はお房の襟元から手を入れて乳房をまさぐった。

「だめ、後片付けがあるでしょう」

そう言ったが、お房は自分から膝を寄せ、安兵衛の胸に身体を押しつけてきた。

安兵衛は息をはずませながら、

「寝部屋へ行こう、なっ」

そう言って、お房の腋《わき》に腕をまわして抱きかかえた。

お房と安兵衛は抱き合うような格好のまま、もつれるような足取りで奥へむかった。

消し忘れた行灯の明りに、四つの膳がぼんやりと浮かび上がっていた。夜は深々と更けていく。

鳥羽亮　著作リスト

	作品名	出版社名	出版年月	判型	備考
1	『剣の道殺人事件』	講談社	九〇年九月 九三年七月	四六判ハードカバー 講談社文庫	第36回江戸川乱歩賞受賞作
2	『一心館の殺人剣』	講談社	九一年五月 九四年七月	四六判ハードカバー 講談社文庫	
3	『首を売る死体』	講談社	九一年十一月 九四年十月	講談社ノベルズ 講談社文庫	
4	『指が哭く』	光文社	九二年三月	カッパ・ノベルス	
5	『警視庁捜査一課南平班』	講談社	九三年三月 九六年五月	講談社ノベルズ 講談社文庫	
6	『闇を撃つ刑事 そしてまた、誰もいなくなった』	光文社	九三年四月	カッパ・ノベルス	

7	『鷗の死んだ日 アイワ探偵事務所事件簿』	角川書店	九三年十二月	角川文庫	
8	『三鬼の剣』	講談社	九四年一月 九七年一月	四六判ハードカバー 講談社文庫	
9	『広域指定127号事件 警視庁捜査一課南平班』	講談社	九四年一月 九七年八月	講談社ノベルズ 講談社文庫	
10	『鷺の舞殺人事件 探偵事務所』	角川書店	九五年一月	カドカワ・ノベルズ	
11	『隠猿《おぬざる》の剣』	講談社	九五年二月 九八年十月	四六判ハードカバー 講談社文庫	
12	『刑事《デカ》魂 警視庁捜査一課南平班』	講談社	九五年三月 九八年六月	講談社ノベルズ 講談社文庫	
13	『時代小説五十人集[上]』	新潮社	九五年十一月	四六判ハードカバー	「蓑と鷲」収録
14	『深川群狼伝』 『鱗光の剣 深川群狼伝』	講談社	九六年一月 九九年五月	四六判ハードカバー 講談社文庫	
15	『殺人は小説より奇なり 探偵事務所』	角川書店	九六年二月	カドカワ・ノベルズ	

16	『切り裂き魔　警視庁捜査一課南平班』	講談社	九六年六月 九九年七月	講談社ノベルズ 講談社文庫	
17	『探偵事務所　巨大密室』	角川書店	九六年十一月	角川文庫	
18	『必殺剣二胴』	PHP研究所 祥伝社	九六年十一月 〇一年二月	四六判ハードカバー 祥伝社文庫	
19	『蛮骨の剣』	講談社	九七年五月 〇〇年五月	四六判ハードカバー 講談社文庫	
20	『幕末浪漫剣』	講談社	九八年六月 〇一年九月	四六判ハードカバー 講談社文庫	
21	『鬼哭の剣　介錯人・野晒唐十郎』	祥伝社	九八年七月	ノン・ポシェット	
22	『落日の兇刃　時代アンソロジー』	祥伝社	九八年九月	ノン・ポシェット	「首斬御用承候」収録
23	『勝者の死にざま　時代小説選手権』	新潮社	九八年十月	新潮文庫	「蟇と鷲」収録
24	『刺客　柳生十兵衛』	廣済堂出版 角川春樹事務所	九八年十一月 〇〇年九月 〇四年一月	四六判ハードカバー 廣済堂文庫 ハルキ文庫	

25	『妖《あやか》し陽炎の剣 介錯人・野晒唐十郎』	祥伝社	九九年二月	祥伝社文庫	
26	『柳生連也斎 決闘・十兵衛』	廣済堂出版 学習研究社 徳間書店	九九年七月 〇一年十月 〇五年三月	廣済堂文庫 学研M文庫 徳間文庫	
27	『妖鬼 飛蝶の剣 介錯人・野晒唐十郎』	祥伝社	九九年十月	祥伝社文庫	
28	『天保剣鬼伝 首売り』	幻冬舎	九九年十一月	幻冬舎文庫	
29	『不可思議な殺人 ミステリー・アンソロジー』	祥伝社	〇〇年二月	祥伝社文庫	「黒苗」収録
30	『柳生連也斎 死闘・宗冬』	廣済堂出版 学習研究社 徳間書店	〇〇年三月 〇一年十二月 〇五年五月	廣済堂文庫 学研M文庫 徳間文庫	
31	『双蛇の剣 介錯人・野晒唐十郎』	祥伝社	〇〇年七月	祥伝社文庫	
32	『妖鬼の剣 直心影流・毬谷直二郎』	講談社	〇〇年九月	講談社文庫	
33	『天保剣鬼伝 骨喰《ば》み』	幻冬舎	〇〇年十二月	幻冬舎文庫	

34	『秘剣　鬼の骨』	講談社	〇一年四月	講談社文庫	
35	『天保剣鬼伝　血疾《ばし》り』	幻冬舎	〇一年六月	幻冬舎文庫	
36	『鬼隼人　剣客同心』	角川春樹事務所	〇一年六月	ハルキ文庫	
37	『覇剣　武蔵と柳生兵庫助』	祥伝社	〇一年六月 〇三年一月	四六判ハードカバー 祥伝社文庫	
38	『雷神の剣　介錯人・野晒唐十郎』	祥伝社	〇一年九月	祥伝社文庫	
39	『柳生十兵衛武芸録(一)　加藤清正の亡霊』	幻冬舎	〇一年十月	幻冬舎文庫	
40	『浮舟の剣』	講談社	〇一年十一月	講談社文庫	
41	『七人の刺客　剣客同心鬼隼人』	角川春樹事務所	〇二年一月	ハルキ文庫	
42	『悲恋斬り　介錯人・野晒唐十郎』	祥伝社	〇二年三月	祥伝社文庫	

43	『青江鬼丸　夢想剣』	講談社	○二年四月	講談社文庫	
44	『柳生十兵衛武芸録㈢　風魔一族の逆襲』	幻冬舎	○二年四月	幻冬舎文庫	
45	『死神の剣　剣客同心鬼隼人』	角川春樹事務所	○二年六月	ハルキ文庫	
46	『柳生連也斎　激闘・列堂』	学習研究社 徳間書店	○二年七月 ○五年七月	学研M文庫 徳間文庫	
47	『飛竜の剣　介錯人・野晒唐十郎』	祥伝社	○二年九月	祥伝社文庫	
48	『まろほし銀次捕物帳』	徳間書店	○二年九月	徳間文庫	
49	『さむらい　遺訓の剣』 『さむらい　青雲の剣』	祥伝社	○二年十一月 ○四年九月	四六判ハードカバー 祥伝社文庫	
50	『剣客春秋　里美の恋』	幻冬舎	○二年十二月 ○四年四月	四六判ソフトカバー 幻冬舎文庫	
51	『双《ふた》つ龍　青江鬼丸夢想剣』	講談社	○二年十二月	講談社文庫	

52	『闇鴉　剣客同心鬼隼人』	角川春樹事務所	〇三年一月	ハルキ文庫	
53	『まろほし銀次捕物帳　丑の刻参り』	徳間書店	〇三年三月	徳間文庫	
54	『妖剣　おぼろ返し　介錯人・野晒唐十郎』	祥伝社	〇三年四月	祥伝社文庫	
55	『剣客春秋　女剣士ふたり』	幻冬舎	〇三年五月 〇四年六月	四六判ソフトカバー 幻冬舎文庫	
56	『闇地蔵　剣客同心鬼隼人』	角川春樹事務所	〇三年六月	ハルキ文庫	
57	『上意討ち始末　子連れ侍平十郎』	双葉社	〇三年六月 〇五年二月	四六判ハードカバー 双葉文庫	
58	『吉宗謀殺　青江鬼丸夢想剣』	講談社	〇三年九月	講談社文庫	
59	『鬼哭　霞飛燕　介錯人・野晒唐十郎』	祥伝社	〇三年九月	祥伝社文庫	
60	『まろほし銀次捕物帳　閻魔堂の女』	徳間書店	〇三年十一月	徳間文庫	

61	『はぐれ長屋の用心棒 華町源九郎江戸暦』	双葉社	〇三年十二月	双葉文庫	
62	『剣客春秋 かどわかし』	幻冬舎	〇四年二月 〇六年二月	四六判ソフトカバー 幻冬舎文庫	
63	『闇の用心棒』	祥伝社	〇四年二月	祥伝社文庫	
64	『怨刀鬼切丸 介錯人・野晒唐十郎』	祥伝社	〇四年四月	祥伝社文庫	
65	『乱歩賞作家 白の謎』	講談社	〇四年五月	四六判ハードカバー	「死霊の手」収録
66	『はぐれ長屋の用心棒 袖返し』	双葉社	〇四年六月	双葉文庫	
67	『われら亡者に候 影目付仕置帳』	幻冬舎	〇四年八月	幻冬舎文庫	
68	『江戸の風花』	双葉社	〇四年九月	四六判ハードカバー	
69	『風来の剣』	講談社	〇四年一〇月	講談社文庫	

70	『さむらい　死恋の剣』	祥伝社	〇四年一〇月	四六判ハードカバー	
71	『剣客春秋　濡れぎぬ』	幻冬舎	〇四年十二月	四六判ソフトカバー	
72	『まろほし銀次捕物帳　死狐の怨霊』	徳間書店	〇四年十二月	徳間文庫	
73	『赤猫狩り　剣客同心鬼隼人』	角川春樹事務所	〇五年一月	ハルキ文庫	
74	『はぐれ長屋の用心棒　紋太夫の恋』	双葉社	〇五年一月	双葉文庫	
75	『鬼を斬る　山田浅右衛門涅槃斬り』	徳間書店	〇五年二月	四六判ハードカバー	
76	『闇の用心棒　地獄宿』	祥伝社	〇五年四月	祥伝社文庫	
77	『秘剣風哭　剣狼秋山要助』	双葉社	〇五年四月	双葉文庫	
78	『恋慕《いろ》に狂いしか　影目付仕置帳』	幻冬舎	〇五年六月	幻冬舎文庫	

79	『はぐれ長屋の用心棒　子盗《と》ろ』	双葉社	〇五年七月	双葉文庫	
80	『十三人の戦鬼』	双葉社	〇五年七月	四六判ハードカバー	
81	『影笛の剣』	講談社	〇五年八月	講談社文庫	
82	『まろほし銀次捕物帳　滝夜叉おこん』	徳間書店	〇五年九月	徳間文庫	
83	『悲の剣　介錯人・野晒唐十郎』	祥伝社	〇五年九月	祥伝社文庫	
84	『江戸川乱歩賞全集18　剣の道殺人事件』	講談社	〇五年九月	講談社文庫	日本推理作家協会／編
85	『剣客春秋　恋敵』	幻冬舎	〇五年十一月	四六判ソフトカバー	
86	『はぐれ長屋の用心棒　深川袖しぐれ』	双葉社	〇五年十二月	双葉文庫	
87	『非情十人斬り　剣客同心鬼隼人』	角川春樹事務所	〇五年十二月	ハルキ文庫	

88	『闇の用心棒　剣鬼無情』	祥伝社	〇六年二月	祥伝社文庫	
89	『波之助推理日記』	講談社	〇六年二月	講談社文庫	
90	『極楽安兵衛剣酔記』	徳間書店	〇六年三月	徳間文庫	

この作品は徳間文庫のために書下されました。

徳間文庫をお楽しみいただけましたでしょうか。どうぞご意見・ご感想をお寄せ下さい。
宛先は、〒105－8055　東京都港区芝大門2－2－1　㈱徳間書店「文庫読者係」です。

徳間文庫

極楽《ごくらく》安兵衛《やすべえ》剣酔記《けんすいき》

2006年3月15日 初刷

著者 鳥《と》羽《ば》亮《りょう》

発行者 松《まつ》下《した》武《たけ》義《よし》

東京都港区芝大門二—二—二〒105—8055

発行所 株式会社徳間書店

電話 編集部〇三(五四〇三)四三五〇
販売部〇三(五四〇三)四三二四

振替 〇〇一四〇—〇—四四三九二

印刷 凸版印刷株式会社

製本 株式会社宮本製本所

〈編集担当 永田勝久〉

ISBN4-19-892398-1 (乱丁、落丁本はお取りかえいたします)